# 『おもい…』

橋本 冬也
Touya Hashimoto

文芸社

# 目　次

# 『相真（そうま）の孫』

1945年（昭和20年）8月15日
この日を境に、ずっと平穏な日々が続いている……

それが彼らの望んだ未来だったけれど
平和な時代を前にして
轟（とどろ）く事の無い悲鳴や爆音が
悲惨な戦歴さえも打ち消し
人々の心の中から
尊（とうと）さを奪い去って行く事で
生きる事に対して、死ぬ事に対しての想いが
徐々に薄らいで行く………

その結果、人々が空を見上げる事は無く
道端に落ちている小石さえも平然と跳ね飛ばし
我が道を歩み行く………
まるで、それが当たり前の出来事であるかのように
誰一人として気に止める者はおらず

零（こぼ）れ落ちる涙のみが悔いとなり、屈辱となり
今もこうして残り続けている………

誰かを守る為、大切な者の笑顔を見る為
己の糧（かて）を見出（みいだ）す為………
各々（おのおの）が様々（さまざま）な思考と共に
想う心を胸に抱き、戦い抜いてきた………
それが我々の祖父であり
また、誇り高き戦人の在り方なのだろう………

そんな彼らが
死土（しど）と化す戦火の時代を乗り越え
己が心身すべてに傷を負う事で
消せぬ記録の下、痛手覚悟の語り部となる………
その行動が、後にどれ程の悔いを帯びる事になろうと
決して迷う事無く説き伝えてゆく彼らの瞳に
私達の姿はどう映っているのでしょうか？

人の痛みが分からぬ者達………
何不自由無く生きてきた人々……

屈辱の涙を流さなかった世代………
それが我々の映り方なのではないだろうか？

自分勝手に生きる私達は
その数を時と共に増加させ
偽（いつわ）りの同情や、その場限りの共感
無責任な言葉による見下しや
不当な道理を用いた罵倒（ばとう）………
そういったもの全てを
驚異（きょうい）だと自覚する事さえ出来ない為
弱り果てた者を置き去りにして行く事しか
出来なくなっていくのだ！

悲しい事に
想う心は欠片（かけら）ほども受け継がれる事は無く
子から孫へ、孫からひ孫へ、世代が下るにつれて
また同じ事が繰り返されてゆく………
そう感じながら、過去の出来事を想い返す………

当時、私がまだ若かった頃………

祖父は戦争の話ばかりを語り
それが毎日のように続いていた為
半（なか）ばノイローゼになっていた私は
ある引き金の下（もと）に
彼を罵倒してしまった………

「もう止めろよ！」
「爺ちゃんの経験が苦しかったのは」
「良く分かった………」
「だけど、それが何だっていうんだ！」

「秀行（ひでゆき）………」
「お前は自分勝手に生きていきたいのか？」
「人の痛みが分からぬ者になると」
「そう言いたいのか？」
「それとも、また同じ悲劇を繰り返すつもりか？」
「己中心（おのれちゅうしん）で歩む者達が」
「歴史に酷な爪跡を残してきた………」
「それは紛れも無い事実だ！」
「いいか秀行………」

「私達が今こうして生きていられる内にしか」
「語れない事がある！」
「それを聞き入れる事が出来なければ」
「再び戦乱の世が訪れる………」
「私は、あの屈辱的な光景を」
「お前達に見せる訳にはいかないんだ！」
「平穏である今を」
「このまま何気ない日々として連ねてゆけば」
「確実に生きている価値さえも見失ってしまう……」
「お前はそれで良いと言うのか？」

「あぁ、それでいい！」
「でもな、生きる価値を見失うか否かは」
「当人しだいなんだよ！」
「それにさぁ～、自分勝手に生きるって事は」
「自分を大切にしてるって事だろ？」
「自分を大切に出来ない奴に」
「誰かを守る事なんて出来る訳無いだろ！？」

「いいや、違う………」

「それは間違っとる………」

「またかよ………」
「爺ちゃんはさぁ～………」
「僕のやってる事全てが気に入らないだけだろ？」
「何を言っても反対しかしない………」
「どこが悪いって言うんだ！」
「僕の人生は僕だけのものなんだよ！」
「クソ爺が戦争だかなんだか知らないけど」
「過去の出来事を盾（たて）にして」
「結局は薄らいだ栄光に」
「未（いま）だすがり付いてるだけじゃないか！？」
「説教なんていらね～よ！」
「戦人ってのはそんなに偉いのか！」
「誇り？　プライド？？」
「そんなものが何の役に立つって言うんだ！」
「現実を見ろよ！　現実を………」
「今は戦時中とは違うんだよ!!」

荒々しい吐息が残る中、怒り任せに罵倒し

心の中にある全ての言葉を言い放った僕は
祖父の前から立ち去らずには居られなかった……

今思うと、何でそんな言葉が言えたのか？
それすら分からない………

平穏な日常の中で、当たり前のように笑い
自分勝手に生きていたあの頃から
祖父が何を伝えようとしているのか？
それが痛い程分かっていた………
だけど、一度たりとも理解の意を示そうとは
思わなかったのだ！

彼の意思と、心の叫びを知り
語部（かたりべ）である祖父の想いが
僕には重過ぎた………

当時16歳………
そんな10代の若者に
戦争の話そのものを抱えきれるハズは無く

ただひたすらに反発する事しか出来なかった……
もしかしたら、認めたくなかったのかもしれない
残酷な歴史、そのものを………

そう思った時………
心の奥底から込み上げてくる想いがあり
気が付くと、祖父が語った戦争の話を
思い出していた………

敵国、祖国、何処（どこ）という事無く立ち昇る
炎と言う名の衣を纏（まと）い
人々はただ逃げ惑う………
赤々と燃ゆる火、闇夜（やみよ）の空を
昼間さながらに照らしたという戦火………
腐敗しきった町並みに
一手、一手、確実に詰め寄る傷跡………
そして、更なる悲しみと悲劇
殺意招かんとする我らの姿………
故に、廃墟（はいきょ）と化した
戦場（せんば）見たりて灯（とも）る戦火あり！

それが、祖父の見続けた赤い炎だった………
涙を流し、悔いる者達の姿が
未だ消えぬ記憶として、心の中へと留まり
幾度となく呼び起こされては消えてゆく………

幼い男の子、女の子、老人（おいびと）……
そういった者達の殺意に満ちた眼差しを
己が身体全身に浴びながら
再び銃を構えた時、悔し涙と共に
亡き母を抱きおこす子の姿を黙視する事となり
己の非力さを嫌というほど痛感させられる事で
善悪（ぜんあく）の区別が付かなくなった祖父は
煮えきらぬ想いと共に
錯乱の一途（いっと）を辿（たど）る………

「私達は大切な者を守る為に戦っているハズなのに」
「何故？　どうしてだろう………」
「自分と繋（つな）がりの無い人ならば」
「殺してもどうという感情は無いと言うのか？」

「この想いは何だろう？」
「同情？　共感？　それとも情けだろうか？？」
「いずれにせよ、私は生き残れないな………」
「優しさや想いやり、同情に駆られた兵士が」
「生きて戦場を後にしたという報告は」
「聞いた事が無い………」
「そう思うと、自分が情けない………」
「私は今まで何をしてきたんだ！？」

「相場（あいば）、銃を構えろ！」
「敵に情けを掛けるな!!」

「部隊長殿………」
「私には、これ以上銃を構える事は出来ません！」
「引き金が……引けないんです………」

「どうした？」
「何があった？」

「隊長………」

「私達は大切な者を守る為に戦っているハズなのに」
「なぜ敵軍の家族まで殺さねばならんのですか？」

「それはな………」
「己の命を守る為だ！」

「えっ………」
「どういう事ですか？」

「分からないのか相場………」
「女、子供であろうとも」
「その手に武器を掴（つか）めば」
「敵兵になるという事だ！」
「敵ならば、殺さねばなるまい………」

「待ってください！」
「それじゃ〜あの子達の未来は」
「我々の私利私欲（しりしよく）の為に」
「消えてしまうと言うのですか？」
「彼らは人形じゃないんだ！」

「無抵抗な者達を敵だからと言う理由で」
「的（まと）のように撃ち殺す事など出来ません！」
「敵人（てきじん）にも」
「大切な人の帰りを待ち望む者達がいる！」
「それは、我々とて同じではないですか⁉」
「それなのに銃を構えて………」

「もういい！　それ以上言うな‼」
「口に出したところで、何も変わりはしない！」
「それどころか、お前は今までに」
「数多くの敵兵を撃ってきた」
「その中には、女、子供、老人もいたハズだ！」
「その者達に対する礼はどうする？」
「無念のまま死に行った仲間の意思はどうなる？」
「逃げて、逃げて、逃げたその先に何があるのか」
「お前はそれを知っているのか？」
「理屈（りくつ）でどうにかなるのなら」
「私達が今こうして」
「ここに居る必要は無いだろ！」

「くっ………」

「いいか相場………」
「我々が戦（いくさ）を始めたその日から」
「どこかで誰かが命を落としている………」
「涙にくれる者や、絶望を味わう者………」
「そういった者達が日に日に増えてゆく………」
「それを今更持ち出したところで」
「何も変わりはしない！」
「私達は、祖国の為に戦うしかないんだ‼」

「そんな事は分かっています！」
「しかし、どうしても割り切る事が」
「出来なくなってしまったんです！」
「隊長、見て下さい！」
「この紅蓮（ぐれん）に染まる村を………」

「相場………」
「それが戦争なんだ！」
「人の命など、散り行く事が当たり前………」

「己の命が第一だ!!」

「そんな………」

「全部隊に通達！」
「これより、村の生き残りを………」

「止めろ!!」
「相手はもう武装していない！」
「戦える力は何処にも無いんだ！」
「これじゃ～ただの殺戮（さつりく）じゃないか！」
「敵人とて、悲しみの度合いは同じだろ！」
「是が非でも強行すると言うのなら」
「私は貴方を許さない!!」

「なっ……なに………」
「落ち着け相場！」
「私に銃を向けたところでどうなる？」

「貴方さえ落ちれば」

「部隊指揮は取れなくなる！」
「その混乱に紛（まぎ）れて」
「形勢（けいせい）を五分（ごぶ）まで戻す！」

「くっ………」
「ばかもんが～！」
「お前一人で何が出来る？」
「自分の命を粗末に扱うな!!」

「何とでも言え！」
「私の意思は変わらない！」

「血迷ったか相場！」
「お前は間違っている!!」

「だからどうした！」

「例（たと）えお前が味方に付いたとしても」
「敵側は、そう思ってはくれんぞ！」
「見ろ、あの殺意に満ちた目を………」

「とても、お前を受け入れてくれるような」
「状態ではない！」

「そ、それでも構うものか！」

「貴様という男は何処までバカなんだ！」
「お前が死ねば、戦地より無事生還すると」
「そう信じて待ち続ける者達に」
「絶望と悲しみを与える事になるんだぞ！」
「私達の命は」
「自分だけのものではないのだという事を」
「決して忘れてはならんのだ！」

「…………」

「分かってくれ相場………」
「今はそういう時代なんだ………」
「私は、もうこれ以上」
「無駄死にする兵士を見る訳にはいかない！」
「そう思うからこそ」

「お前を始め、全ての部下に」
「再び祖国の地を踏ませたいと願うのだろう……」
「その為ならば、どのような手段でも用いる！」
「誰も好き好んで、このような殺戮を」
「繰り返している訳ではないのだ！」

「…………」

「どうしても私を殺すと言うのなら」
「それもいいだろう！」
「ただし、お前が全部隊の指揮を取れ！」
「そして、部下全員を祖国へと」
「連れて帰るんだ！」

「…………」

「どうした相場、殺（や）らんのか？」

「分からない、何もかも全てが」
「分からなくなってしまった………」

「だろうな………」
「今のお前を見ていると」
「若き日の自分を思い出して」
「やり切れぬ怒りと」
「底知れぬ寂しさが込み上げてくるよ……」

「えっ………」

「相場、私がどういう人間なのか？」
「知っているか？」

「い、いえ………」
「知りません………」

「うん、ならば話そう………」
「私がお前と同い年だった頃………」
「やはり同じような事を考え」
「銃を構える事が出来なくなった………」
「その結果として招かれた悲劇………」

「それは、己の死ではなく」
「戦友の死だったよ………」
「私は、戦場で戦友を」
「無駄死（むだじに）にさせた男だ！」
「そんな私の姿を見て、当時の部隊長殿は」
「情け容赦（ようしゃ）なく」
「銃で思いっきり殴（なぐ）りかかってきた………」
「バカもん！」
「自分の命を粗末にするような考え方をする奴は」
「何一つ守れんという事に気付かんのか！」
「ここは戦場だぞ‼」
「甘えた事を言う暇（ひま）があるのなら」
「一名でも多くの敵兵を殺せ！」
「我らの祖国へ、一兵たりとも入れるな！」
「守りたい者を守る為に必要なもの」
「それは力だ！」
「理屈や理論など、後の悔いでしかない！」
「そんな事も分からんのか‼」
「とまぁ～、凄（すご）い剣幕で怒られた………」
「そのおかげで、見てみろ」

「この電報の数を………」
「いいか相場………」
「我々兵士の勲章は、電報の数だ！」

「電報の数？」

「そうだ！」
「もし、お前が私よりも」
「多い電報を受け取っているのなら」
「階級はお前の方が上だ！」
「絶対に忘れるな！」
「想う心、想われる心が」
「生還へと繋がっていく事を………」

「想われる心………」

「あぁ………」
「想われる心が強ければ強い程」
「電報の数は増してゆく………」
「それが、我々の矛（ほこ）となり、盾となる……」

「分かるか？　相場………」
「お前にも守るべき者がいるだろ!?」
「ならば、自分が何をどうすべきなのか？」
「それを、己の力量で見出（みいだ）せ！」

「…………」
「だとしたら、想う心や想われる心を前にして」
「彼らの姿をどう捉（とら）えればいいんですか!?」

「彼らがどうこうではなく」
「自分がどう在りたいのか？」
「それを第一に考えろ！」

「自分がどう在りたいのか？」

「そうだっ！」
「守りたいものを守る為に」
「自分がどう在りたいのか？」
「それを考えるんだ！」

「…………」
「分からない………」

「分からなくても考えるんだ！」
「自分なりの答えに行き着くまで」
「徹底的に追求していけ！」
「そうすれば、我々が何をすべきなのかが」
「自（おの）ずと見えてくる………」
「思考とは、そういうものなんだ！」

「…………」

「相場………」
「私達が常に思わねばならぬ事は」
「家族の事や恋人の事、戦友の事や」
「まだ見ぬ未来の事ではないのか⁉」
「それでもまだ分からないというのなら」
「あの子達の姿を、その目に焼き付けるんだ！」

「えっ！」

「想定（そうてい）してみろ？」
「我々が日本兵ではなく」
「他国の戦人であり」
「日本という島国に対し」
「侵略行動を開始している………」
「目の前に在る映像は」
「小さな島に存在する」
「何処かの村に過ぎない………」
「そう考えた時、お前の脳裏に」
「どのような想いが過（よぎ）る？」
「それが答えだ！」

「…………」

「守らなければならない者」
「又は、守りたかった者の姿が」
「浮かび上がってはこないか？」
「もし浮かび上がってくるのなら」
「私を信じて従（つ）いて来い！」

「そうか、そうだったのか………」
「今やっと分かったぞ！」
「自分は、長きに亘（わた）る戦乱の中で」
「大切な者を置き去りにしてきました………」
「側（そば）に居てやる事さえも出来ず………」
「彼女が今どんな気持ちで」
「空襲に耐え、飢えに耐えながら」
「生き永らえているのか？」
「そんな事を考えもしないで」
「目先の物事に囚（とら）われ」
「自らの甘さに浸（ひた）り切っていた………」
「私が彼らに掛けようとしていた行動は」
「同情でもなく、共感でもなく、情けでもない！」
「ただの哀（あわ）れみなのだという事に」
「気付いてしまった………」
「だから私は、どのような手段を用いてでも」
「生きて祖国の地を踏まねばならない！」
「犠牲（ぎせい）の上に成り立つ幸せだからこそ」
「そのありがたみは実感へと変わるのだと」

「そう感じたのです………」

「…………」

「だから私は………」
「平穏に過ごせる日々を取り戻したい！」
「懐かしい記憶や暖かな想いを用いて」
「これからもずっと………」
「大好きな人の側に居てやりたいのです‼」
「生きて帰ると、そう約束したからには」
「必ず生きて帰らなければいけないのだという事を」
「この身を持って痛感しました………」

「うん、それでいい………」
「それでいいんだ！」
「私達は、自らの幸せを守る為………」
「又は、手に入れる為に戦っている！」
「だからこそ、強さを取り違えてしまう戦人は」
「己の問いに答えが出せず」
「自害の一途を辿る事になるんだ！」

「分かるか？　相場………」

「はい！」

「我々が、この子達の親を殺してしまった……」
「それは事実であり」
「決して変える事は出来ない………」
「今、この一時の間」
「命を生き永らえさせたところで」
「彼らの未来が変わる事は無いだろう………」
「いずれにせよ、死を迎えるだけなのだ！」
「ならば、己の命を守る為だという建前のもとに」
「偽善という名の凶器を用いて涙をのみ」
「最高の敬意と共に殺害する‼」
「例えそれが、我々の自己満足だとしても」
「殺（や）らねばならんのだ！」
「戦人としての誇りと、プライドを掛けて」
「己の生きている価値を見出す為に」
「敢（あ）えて修羅（しゅら）となる！」
「それが、敵人に対する一礼だ‼」

「はい！」

「相場………」
「大切な人が待っているのなら」
「その者の為に必ず生きて帰れ！」
「それが、我々戦人の在り方なのだという事を」
「決して忘れてはならない………」

「はい！」

「もうじき夜が明ける………」
「銃を取れ、行くぞ！」

自分達のやっている事が
苦悩な殺し合いであるという事を知りながら
逃げ惑う者達の姿と、焼け落ちる町並みを
悲痛な叫びと共に聞き流し
戦場戦火を潜り抜け、生き延びた………

死者に対し一礼を尽くし
我らの敵に最高の敬意と
一（いち）戦人としての誇りを掛けて
偽善と建前の名のもと、終わる事の無き
殺戮（さつりく）の戦場へと舞い戻る………

「こんな世の中、早く終わらせなければ」
「次は我が身だ！」

そう思い、心に信念を抱く祖父の姿は
いつしか修羅と化し
戦場という名の修羅場をくぐり抜ける為の
矛へと変わりゆく………
そして、地獄と化した大地を生き抜き
幾度となく屈辱を味わいながら
決して崩れる事なく、誇りとプライド
想う心を胸に這（は）い上がってきたのです！

そんな男達から見れば
今の世の中は、ただ腑抜（ふぬ）けただけの情けない世界に見えるのだろう………

「寝て起きれば明日が来る………」

祖父はそう表現したが
僕はそうは思わなかった………
寝て起きれば明日が来るのではなく
悔い連ねる事で明日へと変わりゆくのだ！

そう思い、一歩たりとも引かぬ我らは
似た者同士なのかも知れない………
そんな捉（とら）え方をしている僕に対して
父が一線の表記を差し与える………

「言う事だけは一人前だな！」
「でもな、お前の爺ちゃんは」
「間違った事は言ってないぞ‼」
「いいか秀行………」
「父さんは、説教とか押し付けとか」
「そういうのが凄く苦手だから」

「一度しか言わんぞ！」

「うん………」

「俺達は時代に関係なく」
「一人の男なんだ！」
「だから、爺ちゃんも、俺も、お前も」
「皆同じ男なんだ!!」
「分かるか？」
「俺達は、戦人と同じ値（あたい）なんだよ！」

「えっ!?」

「だからな………」
「いいかげんな生き方をしてる訳には」
「いかないんだ！」
「俺達が適当に生きたなら」
「お前の爺ちゃんが」
「それだけの価値しか持たぬ男だという事になる！」
「それでいいのか？」

「命の灯火を燃やしながら」
「真剣に生き続けてきた男と」
「その男達の意思により」
「平和な時代を迎え入れ」
「絶望する事なく生きる事が出来た我々とが」
「同じだと言ったぞ！」

「同じ………」

「そうだ!!」
「ならば何をどうすべきか？」
「分かるよな!?」

「うん………」

「なぁ～秀行………」
「お前は知っているか？」
「なぜ爺ちゃんが、毎日口癖のように」
「誇りやプライドと言う言葉を零（こぼ）すのか？」

「いいや、知らない………」

「だろうな………」
「父さんも昔はそうだったから」
「良く分かるんだよ………」

「えっ？」

「誇りやプライドっていうのはな」
「何かに負けそうになった時とか」
「なり掛けた時、守りたい時とか」
「守らなきゃならない時………」
「全ての出来事において」
「己を奮（ふる）い立たせる為のおまじないなんだ！」

「おまじない？」

「あぁ、そうだ！」
「効くか？効かないか？は」
「己の器（うつわ）しだいだけどな………」

「…………」

「秀行、お前は今日まで」
「爺ちゃんが抱えている強固なまでの想いを」
「どう捉（とら）えてきた？」
「父さんはな………」
「戦人だけが培（つちか）ってきた勲章なんだって」
「そう捉（とら）えたんだ！」
「だからかな？」
「平和な世の中を生きた者達には分からないとか」
「お前達は幸せなんだぞ！とか」
「そういった言葉全てが」
「押し着せのように聞こえていた………」
「その結果、戦人ってのは」
「そんなに偉いのか!?って」
「怒り任せに罵倒した事があったんだ………」

「それって………」

「あぁ、お前と同じだ！」
「父さんもな………」
「爺ちゃんを罵倒した側の人間だから」
「偉そうな事は言えない………」
「でもな、それが」
「人の自然な在り方なんだろう………」
「腹が立つから罵倒する………」
「今が良ければそれでいい………」
「困り果てた時は手を差し伸べろ！」
「そうでない時は構うな‼」
「そうやって」
「自己中心的に生きている自分の姿に」
「気が付いていた………」
「それなのに、爺ちゃんの想いを受け入れる事が」
「出来なくてな………」
「その時の気持ちは、何もかも全てが嫌で」
「生きる事さえも嫌になってたなぁ〜」
「それで、後から考えてみると」
「何でそんな言葉が言えたのかな？って」
「そう思い、悩んだ事があったんだよ………」

「そうなんだ………」

「あぁ………」
「それでな、その時に父さんが思い出した言葉は」
「生きている価値さえも見失ってしまう……」
「というものだった………」
「その言葉を思い出した後（のち）」
「自分の姿と照らし合わせる事で」
「背筋に寒気が走ったよ………」
「戦人っていうのは」
「きっと未来が見えてるんだって」
「そう思った事もあった………」
「だけど、全てが似てただけなんだよな？」

「似てる？？」

「そう、俺達は爺ちゃんと似てるんだよ………」
「考え方も、思考も、誇りの度合いも」
「プライドも、全て似ている………」

「まぁ～正確に言えば」
「教育者が爺ちゃんだったろ？」
「だから、どうしても似てしまうんだよ……」

「そうかも知れないね………」

「うん、父さんはそう思ってる………」

優しい父が
僕に対して初めて意見した瞬間だった………
その光景を前にして
ただ食い入るように聞き取る事しか出来ず
真剣に語る父の姿が
未だ脳裏に焼き付いて離れない………
その日から………
僕自身が新たなる面持ちと共に前を向き
明日へと繋げゆく事を始めた………

限られた時間の中で
全力で何かを学び取ろうと思い

必死になって足掻（あが）くが、１年、また１年と
月日が飛び去るように過ぎて行く………
そんな中、日に日に老いてゆく祖父の姿を
目前（もくぜん）に置きながら
僕は何一つ出来ず
ただ病室へと赴（おもむ）くのみ………

現在、祖父は闘病生活の真っ只中にあり
皮肉な事に、語部である彼の生命が弱り始めた今
やっと理解しようとする姿勢を取ったのだ！

所要年数12年………
私はその間何をしていたというのか⁉
そう思い、苦悩の果てに祖父と目を合わせた時
彼は優しい笑みを零し、私の頭を撫（な）でながら
一言の言葉を語り始めた………

「すまんかったの〜………」
「わしは無理強（むりじ）いを」
「しとったのかも知れんな」

「お前は、わしの孫じゃけ～の～………」
「人の痛みぐらいは、知っとかにゃ～いけん！」
「そう思ったんじゃが」
「わしは大馬鹿者（おおばかもの）じゃの～」
「時代遅れの爺さんが」
「過去にすがり付いとるだけじゃった………」
「わしはな、後世、末代までに迷惑を掛けた」
「ろくでもない爺さんじゃ！」
「悔いて、悔いて悔いたその先に」
「気付いてしも～たんよの～………」
「悔いとるだけじゃ～、何も変わらんぞ！と」
「あの頃は、戦う事が当たり前じゃった………」
「無意味な戦争であるか否かは」
「終戦を迎えてから考えたんじゃ………」
「まぁ～、途中で気付く者もおったがの………」
「大半の者は、終戦後に考えたハズじゃ！」

「そう………」

「あぁ、そうじゃ………」

「秀行、本当にすまんかったの～」
「人の痛みを知れって言う前に」
「自分が気付かんとの～………」
「我ながら情けない………」
「時代、世代は変わっても」
「人の真意は変わらんのじゃけ～の～……」

「そうだね………」

「薄らいでゆく記憶の中でな」
「ずっと、自問自答しとったんよ………」
「そしたら、余計に情けなく思えてな」
「今のわしに、戦人としての誇りや」
「プライドはあるじゃろうか？」

「うん！」
「あると思うよ………」

「そうか………」
「あるか………」

「そうじゃの………」

「うん………」

「なぁ～秀行………」
「一つだけ聞いてもええかの～？」

「あぁ、何？」

「お前は、相場（あいば） 相真（そうま）の」
「孫である事をどう思う？」
「正直に答えて欲しい………」
「男同士の問いとして」
「嘘偽り無く返答をくれんかの～」

「うん、分かった………」
「僕はね、爺ちゃんの孫で良かったと思うよ……」
「理由は色々とあるんだけど」
「一番大きな理由は」
「己の非力さを知ったってところかな？」

「爺ちゃん、言ってたよね？」
「人の痛みの分からない者は」
「生きている価値さえも」
「見失ってしまうんだ！って」
「それを聞いた時、正直言って」
「ただの差別心だと思ったんだ！」
「でもね、そうじゃなかった………」
「父さんや母さんの周りにいる人達を」
「見てれば分かるよ………」
「今を大切に生きている」
「そんな仲間が多いから………」

「そうか………」

「うん………」
「僕ね、気付いたんだよ………」
「生涯の親友っていうのはさぁ～」
「長い人生の中で、時間を掛けてゆっくりと」
「探していけばいいんだよね？」
「その為には、心清らかに」

「人の痛みの分かる者にならなきゃ」
「いけないんだ！」
「そうでなければ、出会う機会さえ」
「逃（のが）してしまう………」
「だから、今を大切に生きなきゃいけない……」
「それが出来ない者に」
「友を大切にする資格は無い！」
「僕はそう思ったんだ！」
「だとしたら………」
「自分勝手に生きている人に守れる者………」
「それは、自分だけなんだ‼」
「大切な人は皆、置き去りにされてゆく………」
「守るべき相手を守れるだけの器が無ければ」
「今を大切に生きる事など」
「不可能に近い！　違う？」

「いいや、違わんよ………」
「その通りじゃ！」

「初めてだね？」

「爺ちゃんが僕の言った事に賛成したのは……」

「あぁ、そうじゃの〜………」

「僕はね………」
「戦人、相場　相真の孫である事を」
「誇りに思う事にしたんだ！」
「だから、誰にも負ける訳にはいかない」
「父さんにも爺ちゃんにも」
「引け劣るつもりはないよ！」
「今はまだ、誇りやプライドの値が小さいけれど」
「いつか、きっと………」
「自分なりの面持（おもも）ちで培って見せる！」
「それが出来なきゃ、また同じ悲劇が」
「繰り返されと思うから………」

「良く言った！」
「それでこそわしの孫じゃ！」
「戦人、相場　相真のな‼」
「わしも、まだまだ生きねばならんな！」

「今、この時を境に、知らねばならん事が」
「山のように出てきたんじゃからの～………」

祖父が抱えていた想いは
私の想像を遥かに凌駕（りょうが）していた
そんな彼の話を真剣に聞いたのは
何年ぶりだろう………
長い間忘れていたものを思い出し
戦場を命がけで潜り抜けた者が
過去の産物などではなく
現役として私の前にいる事を知り
その誇りの高さと直面する事で
釘付けとなり
身動き一つ取れない自分がいた………
そう思った時、笑む祖父の姿に対し
申し訳ない心で一杯だった………

それから数日後………
祖父は他界し、彼の意思は
墓石（ぼせき）へと刻まれる事になる………

『相真の孫』

長きに亘（わた）る闘病生活は
苦痛でしかなかったであろう………
それなのに、決して諦（あきら）める事なく
一日、一日と時を繋げて行く………
そんな彼の姿を想い出す度に私は思う………

「偽善であろうが」
「愚か者であろうが」
「負け犬であろうが」

引けぬ想いが、誇りへと変わりゆくのだと……
そう感じたからこそ、これから先も
真剣に生きていこうと思う………

それが、例え綺麗事の塊(かたまり)であろうとも
私は、祖父のように自分の信じた道を歩み行く……

「各々の、想う心と共に………」

# 『夕暮れ街道………』

終り無く続くこの日常を
重荷だと感じ始めた頃から
心の奥底で、逃げたい逃げたいと思うようになり
毎日のように騒ぎ散らす自分の姿に気が付いていた……

誰が悪いわけじゃなく
ただ全ての出来事に嫌気がさしていて
生きる事、笑う事、想い描（えが）く事………
そういったもの全てに対し
拒絶（きょぜつ）する事しか出来ない自分自身を
非力者だと捉（とら）える事で
毎日が悔いる日々へと変り行く………

その事に気が付いた私は、徐々に無気力となり
やる気を失う事で自主退職を決意する………
それ以来、毎日家の中に籠（こも）り
たった一人ぼっちで

何故、どうしてと問い続けたが
行き着く先は、錯乱、葛藤、困惑など
数多くの不可要素と共に成り立つ
沈黙の原点だった………

そんな中、膨大な月日を費やす事で
何処（どこ）からともなく迫り来る悪夢と直面し
数え切れぬ程の激道（げきどう）を体験した後
戦慄（せんりつ）の記録を用いて
淪苛（りんか）の起床（きしょう）を遂げる………

その交剽（こうひょう）は
宿主の精神が尽き果てるまで
永遠に繰り返されてゆき
見渡す限り一色の世界と化す中で
現実での予想を遥かに超えた映像が
砕波（さいは）の刃（やいば）となり
弱り果てた者を対象に
情け容赦なく襲い掛かる………

己が瞳に映るもの全てを
無条件で信用していた私にとって
目に映らないものの存在が
これ程までに恐ろしいとは
思いもしなかったのだ！

その事に気付いたところで、時すでに遅く
ありとあらゆる行動が幻（まぼろし）となり
実社会で培われてきた情報全てが無効となる事で
計り知れぬ恐怖に怯（おび）え
焦（あせ）るが故にムチを打ち
自（みずか）ら精神を病ませてゆく事しか
出来ない私がいた………

そんな状況の中………
何処に在るとも分からぬ打開路を求め
血眼（ちまなこ）になりながら探しまわるうちに
一線の光と遭遇し
藁（わら）をも掴（つか）む思いで
片腕を差し伸べてはみるけれど

第三者の無責任な罵倒により
その姿もろとも
更に深い場所へと叩き落されてしまう………

この事からも分かるように
自己拘束されている者の側に
暴言を吐（は）く人が居る限り
当人がどれほど強く足掻（あが）こうとも
取り返しの付かぬ方向へと引きずり込まれるだけで
後ずさりしか出来ない己の不甲斐（ふがい）なさを
嫌というほど痛感させられるだけの結果に
終わってしまうのだ!!

その事実を突き付けられる事で
残されていた僅かな希望さえも潰（つい）えてしまい
回夢の中で、なぜ？　どうして？？と
問い続ける事しか出来なくなってゆく………

下降（かこう）の恐怖を始め
沈黙（ちんもく）の恐怖、暗視（あんし）の恐怖同一人（どういつびと）による殺意の恐怖………

それら全てに打ち勝たなければ
ならない事実と直面した時
人は必ずと言っていいほど逃げるだろう………

私もその中の一人に過ぎなかった………
自らの弱さ故に、逃げようとする力が勝（まさ）り
何一つとして望む方向へと
傾いてはくれなかったのだ！

若い身体を持ちながら、五体満足で居られる者が
何を辛いと感じ、己の殻（から）に閉じこもるのか？
それが分からぬまま、うつの一路を歩み行く事しか
出来ない私にとって、自分自身とは
呪縛の連束（れんぞく）でしかなかった………

にも拘（かか）わらず、幾度となく足掻き
立ち打つ事を繰り返して行く中で
変わる事なく指し示された絶望的な答えが

気まぐれにの下に一転するかも知れないと思い
最後の最後まで醜く食らい付いてきたけれど
刻一刻（こくいっこく）と死が迫る中………

鬱路（うつろ）、鬱路のままに
後去（あとざ）りの旅路を整えなければ
ならない私の姿は、現実の逃避者として
負け犬として、人生の敗北者として
自己善（じこよ）がりの決意のみを残し行く……

そう思い、心穏やかに構える事で
薄れ鈍る意識を背に
一寸の閃光（せんこう）を黙視する事となる………

暖かく、和（なご）やかなその光は
傷付き、ボロボロになった私を優しく包み込み
夢見の世界で構成された
偽りの現実へと誘うのだった………
それが、全ての始まりであるかのように………

「毎日のように繰り広げられる激夢の中で」
「どうやって自分を取り留めれば良いのかさえ」
「分からなくなってきた………」
「資金が底を突き、食料も底突いた今………」
「この期（ご）に及んで」
「何を見せようと言うのか？」
「例え、悪夢から目覚めたところで」
「生き残れる保障なんて」
「何処にも無いじゃないか！」
「誰よりも冷静に実社会を見定めている者が」
「心の不可により」
「仕事に就く事が出来ないのは何故？」
「何がそんなに辛いって言うんだ!?」
「ただ苦しくて、怖いだけだろ？」
「ぬくぬくと生きている者達を捕捉する事で」
「押さえ切れない殺意に」
「馳られてしまうだけじゃないか!?」
「そんなの、冷静さを第一に掲げてさえいれば」
「乗り越えられるハズだった………」
「なのに、何でこうなるんだよ!!」

「何故そうなるのか知りたい？」

「えっ？」
「誰だお前！」

「偉そうな奴だなぁ～………」
「それが人に物事を尋（たず）ねる時の」
「姿勢（しせい）なのかねぇ～………」

「…………」
「はっ、分かったぞ！」
「お前が今回の悪夢を引き起こした」
「主催者（しゅさいしゃ）って事かよ！」
「実社会での記憶全てを持たせたまま」
「夢を見させて、何を企（たくら）んでる？」
「真っ向から討論でもしようと言うのか？」
「それとも、今までとは比べ物にならぬ程」
「熾烈（しれつ）な恐怖を駆り立てる為の」
「演出なのか？」

「どうせ、そんな感じだろ⁉」

「決め付けねぇ～………」
「自分は苦しい激夢を」
「毎日のように見続けているから」
「だから、今回も悪夢に違いない！」
「人が亡くなる姿や、醜い心の泥（どろ）を」
「黙って見続けてきた奴の典型的な図式だな！」

「なんだと～………」
「じゃ～お前なら乗り越えられたって言うのか？」
「酷（こく）な映像を幾日にも亘（わた）り見せ続け」
「何百人、何千人という人達の死を見せ」
「地獄と見間違う程の戦場にも立たせたよな！」
「今振り返ってみれば」
「夢がどれほど恐ろしいものなのか？」
「良く分かるよ………」
「仕掛けてきた張本人が」
「第三者の視点で罵（ののし）り」
「罵倒するのか？」

「だったら耐えてみろよ」
「お前になら抜け出せるんだろ？」

「そりゃ～無理なんじゃないかな～………」
「だって俺は、お前の理性に過ぎないし」
「感情も、感覚も持ち合わせて無いからさぁ～……」
「痛いとか、苦しいとか、そう言う甘い心に」
「触れた事が無いんだよ………」
「ただ、礼を尽くす事ぐらいは出来る………」

「何が言いたいんだ？」

「別に～………」
「言いたい事なんて何も無いさっ……」

「てめ～、人をからかって楽しいのか！」
「お前には、俺達みたいに」
「引き籠らなきゃならなかった奴らの姿が」
「弱者のように映ってるだろ!?」

「あぁ、否定はしないさっ！」
「実際そうとしか見えないしな………」
「例えどのような状況下であれ」
「己の経験をひけらかす事しか出来ない奴は」
「皆、そう取られて当然だろ？」

「あぁ、そうかよ………」
「そうやって見下した目で物事を見てろよ！」
「哀（あわ）れみの眼差しで」
「人に情けを掛けてりゃいいだろ？」
「俺は負け犬なんかじゃないし」
「こんな所に留まるハズじゃなかったんだ！」

「負け犬の遠吠えに聞えるぞ！」
「弱者じゃないのなら」
「何故それを証明しない!?」
「出来なければ、出来ないなりの」
「遣り方ってのがあったんじゃないのか？」
「結局、人に同情してもらいたかっただけだろ？」
「心配してもらいたい！」

「もっと構ってもらいたい!!」
「そう願い続けてきた結果がコレだろ？」
「違うか？？」

「お前に何が分かるんだよ!?」

「分かりたくもないね！」
「偽りの冷静さを掲げて」
「甘ったるく生きてる奴の気持ちなんか」
「知りたくもない!!」

「…………」

「冷静に対処してきただと!?」
「深呼吸の一つも出来ない奴が」
「幸せな笑みを零（こぼ）せるクセに」
「不幸のヒロインを気取って」
「世の中の連中がどうとか？」
「人間不信がどうとか、そんなの」
「後から付け加えた誇張（こちょう）だろ！」

「結局、全ての出来事が中途半端で」
「道理や筋道なんて何一つ無い………」
「そんな奴に何が出来たって⁉」

「そ、それは………」

「曖昧（あいまい）な記憶と」
「気持ちを用いて言葉を発さない事！」
「言葉は見えない刃物である………」

「えっ？」

「故に、精神的衝撃は、肉体的衝撃とは異なり」
「持続性（じぞくせい）と言う観点で用いる事で」
「その威力（いりょく）は」
「理性を欠落させる程のものとなる………」
「分かるか？？」
「言葉は激連（げきれん）の凶器なんだよ‼」

「知ってるよそんなの！」

「ほぉ〜、ならばなぜ死に急ぐ？」
「真意を知らないからではないのか!?」

「何が真意だ！」
「そんなのあったところで飯は食えないんだよ！」
「俺はな、一秒でも早く」
「この場所から抜け出したいんだ!!」

「そう思うのなら、なぜ努力を惜しむ？」
「結局、言葉として発しているうちは」
「何一つ出来ないという事を認め」
「逃げ道を作っているに過ぎない………」
「そうは思わないか？」

「…………」

「死ぬ死ぬと言ってる奴が」
「死んだ試しは無いだろ？」
「辛いとか、苦しいとか言ってる奴らに限って」

「平然と微笑みを浮かべて笑ってるだろ？」
「言葉に表し伝えようとしてるうちは」
「まだまだ行けるって事だよ………」
「本当に苦しい奴っていうのは」
「目が死んでるものなんだ！」

「そんなの見方によって」
「どうとでも捉（とら）え変わるじゃないか！」

「やはりな…………」
「目先のものに囚（とら）われているだけでは」
「見えないものの方が多い………」
「それどころか、自分自身を」
「見失ってしまうとは思わないかね？」

「そ、そうかもしれないけど………」
「でも、それは……その〜………」

「全ての物事に」
「適当な反論文を設けない事！」

『夕暮れ街道………』

「その行動が何を示すものなのか？」
「それを知らない者は」
「己のみを守り、自己満足と言う名のもとに」
「第三者すべてを対象とし」
「矛（ほこ）を向けてしまうのだよ………」

「…………」

「そんな事も分からないのか!?」
「その程度の思考で、精一杯やっただと？」
「ならば、お前が迷い込んで居る場所は」
「生温（なまぬる）いだけの世界という事になるな！」

「うるさい、うるさい、うるさ〜〜い！」
「お前なんかに何が分かるんだ!!」
「世の中の人間全てに見下された目で見られて」
「仕事に就けなくなった屈辱を背負いながら」
「生きなきゃならない奴らが居る事を」
「知りもしないクセに」
「偉そうに語るんじゃね〜よ！」

「まったく、情けない………」
「お前は本当に私なのかね〜………」

「なんだよ………」

「世の中の人間が」
「お前を見下してます！って」
「そう言ったのか？」
「仕事に就けないと言うが」
「誰がそれを決めたんだ？」
「お前自身だろ？？」
「さっきも言ったが、出来ないなら」
「出来ないなりの歩き方があるんだ！」
「真剣にやりもしないで」
「力を貸してくれないと叫び続ける！」
「人を信じようとしない人間が」
「俺は負け犬なんかじゃない！」
「だから信じてくれと言い放ったところで」
「人の気持ちが動くと思うか!?」

「動かないだろ？　人の気持ちというのはな」
「出来ないながらも、必死に足掻いてる奴の方に」
「傾（かたむ）くものなんだよ………」
「お前みたいに口先だけのごたくを並べる事しか」
「出来ない奴の発した言葉を」
「だれが信じてくれると言うんだ⁉」
「例え共感の意を得られたとしても」
「それは、同情や哀れみから」
「構成されているものに過ぎない‼」

「…………」

「自らの内に潜む醜い姿が」
「どれほどの束となり、露見しようとも」
「決して諦めない者が報われた時………」
「それが、信頼を勝ち取れた時なんじゃないのか？」
「だとしたら、今は負け犬だとしても」
「いいじゃないか！」
「自分自身が信じてやれば」
「何の問題も無いハズだっ！」

「むしろ、真剣に足掻き、努力を積む者を」
「弱者だと判断するものがいたなら」
「皆は、そう判断した者を弱者だと捉（とら）え」
「お前は称（たた）えるだろう………」

「けどさぁ～………」

「人の話は黙って最後まで聞く事！」

「うっ！」

「いいですか？」
「自分のみを守ろうとする者に対して」
「心を開いてくれる人が居るだろうか？」
「私は居ないと思う………」

「…………」

「例外（れいがい）は確かにある………」
「けれど、例外は所詮（しょせん）」

「例外に過ぎないのではないだろうか？」
「全ての者達が」
「その枠に嵌（は）められる訳ではない！」
「そうは思いませんか？」

「…………」

「貴方と一番最初に出会った時に」
「問われた事がありましたね？」
「私にこの場所から」
「抜け出せるのかどうかと………」
「その答えを今一度返しましょう………」
「私一人では」
「抜け出す事が出来ないのが現状です！」
「何故なら、私が持ちえているものが」
「冷静さと一礼の２点だけだからです‼」
「おそらく、貴方が持ちえているものの方が」
「多いのではないだろうか？」
「しかし、貴方は最も必要となる２点を」
「欠落させている………」

「何が言いたいんだ！？」

「結論から言いましょう………」
「私達は現在、相対（あいたい）しておりますが」
「本来のあり方として指し示されたものは」
「離別（りべつ）ではなく、協力！」
「又は歩み寄りなのです………」
「お分かり頂けますか？」

「あぁ、そこまではな！」
「だけど、何で俺がお前に引け劣ってる訳？」

「それは、貴方が多種多様な感覚、感情を」
「莫大（ばくだい）に所有しているからです……」
「御存知かも知れませんが」
「物事や個数が多くなればなる程」
「一つ、一つを邪険に扱ってしまうものなのです！」
「私と貴方との間に、絶大的な差が在るとしたら」
「そこなのではないでしょうか？」

「…………」

「理解頂けない御様子（ごようす）……」
「ならば、一つ例題を上げてみましょう………」
「例えば、100名以上もの仲間がいたとする」
「その者達全ての事を把握しようとした場合」
「一人一人の力量を」
「大雑把（おおさっぱ）に計る事しか出来ませんが」
「それとは別に」
「仲間が2名だけならどうでしょう？」
「この場合、個々の力量を
把握する事は容易（たやす）く」
「少数で在るが故に、気付く事も多いのです！」
「親近感や孤立の恐怖、個々固有の記録などが」
「良い例えとなるでしょう………」
「お分かり頂けますか？」

「…………」

「足元に当たり前のように存在しているものが」
「多くなればなる程、そのありがたみは」
「見え難（にく）くなってしまう………」
「要するに、お互いの生き様（ざま）を」
「極度な劣感（れつかん）に統合しない限り」
「足元に在るものは」
「見えなくて当然なのだという事！」
「それを知っている者と知らない者とでは」
「思想理念（しそうりねん）に」
「大きな差が生まれる………」
「その差が私と貴方との間に定着する事で」
「積成（つみなり）の優劣（ゆうれつ）へと」
「変わってしまったのです!!」

「なるほど………」
「そういう事か………」

「えぇ………」
「目先に映るもの全てを無条件で信用するのは」
「人間の悪いクセなのですが」

「観点の変更が出来ないと言う理由から」
「取り組みもせず、妥協の一途を歩む者達が」
「多いのもまた事実です！」
「捉（とら）え方を変える事で」
「新たに現れる道など」
「いくらでも在ると言うのに………」

「まったくだ………」

「私はこの年まで、貴方と共に」
「数多くの者達を見定めてきました………」
「そして、一つの教訓を得たのです！」
「それは、思った事を直（す）ぐ口にしない方が」
「良いと言うものでした………」
「己の口から出た言葉は決定事項であり」
「訂正（ていせい）は不能である………」
「故に、一呼吸置く事が必要となり」
「相手を想う心が必要となるのです………」
「未来の自分自身が」
「確実に納得出来た時………」

「初めて共感すればいい………」
「そうでないうちに行ってしまう共感は」
「妥協と表現され」
「その場限りの合わせ駒（ごま）となる……」

「なるほど………」
「道理として上げるなら」
「やらずして語る事なかれ………」
「というところだな…………」

「ですね………」

「…………」

「申し遅れました………」
「私は、この仮想現実の主（あるじ）」
「三月（みつき）　正孝（まさたか）」
「と申します………」

「えっ、あ〜、どうも………」

「あの〜、一つ聞いていいですか？」

「その前に、名告（なの）られたからには」
「名を名告る事！」
「己の分（ぶん）を弁（わきま）え」
「常に、相手に対し一礼を尽くし」
「敬意（けいい）を表する事！」

「あっ、はい………」
「私は、小坂（こさか）　智也（ともや）」
「と言います。」
「一つ、お伺（うかが）いしたい事があるのですが」
「よろしいでしょうか？」

「はい、なんなりとどうぞ………」

「私達は同一人物なんでしょ？」
「ならば、何故名前が異なるのですか？？」

「決め付けの実社会とは違うからです！」

「私と貴方の思考が同じでしたか？」
「力量や器（うつわ）、培われてきた語学や感性」
「全て同じでしたか？？」
「違ったハズです………」

「確かに………」
「でも、なんで気付かなかったんだろう？」

「それは、全ての出来事に対して」
「私が返答し、答えを指し示して来たからです。」
「何に対してもそうですが、聞く事は簡単で」
「直ぐに忘れてしまうものなのだと言う事を踏まえ」
「貴方自身が持つ独自の思考で」
「物事を捉（とら）えた後、一線の表記として」
「行き着く事が必要なのではないでしょうか？」
「誰かが書き記（しる）した文面や書物」
「言葉から教わる事は、何よりも軽く」
「もって10年程度の思考に過ぎません！」
「生涯忘れる事の無い経験とまでは」
「いかないのです………」

「そ、そうですか………」

「えぇ………」
「少しはお分かり頂けましたか？」

「はい………」

「良かった…………」
「もう時間が迫っておりますので」
「長くお話する事は出来ませんが………」
「目覚めた貴方が、何をどう判断するのか？」
「それは貴方しだいなのだという事を」
「覚えておいて下さい………」
「これは仮想現実、忘れる事の無い夢です………」

「忘れる事の無い夢？」

「はい、決して忘れる事の無い夢………」
「それが、仮想現実なのです…………」

「それともう一つ………」
「貴方が今まで歩んできた現実世界という場所は」
「多くの偽りと、計り知れぬ矛盾により」
「構成されていますので、己の意思を強く持ち」
「真意を踏まえた冷静さで」
「的確に対処して行く事！」
「そうすれば、必ず打開出来るハズです‼」

「はい！」

「そして、これは最後の言葉ですが………」
「笑（え）む事が出来るのなら」
「無理をしてでも微笑（ほほえ）む事………」

「微笑む？」

「えぇ、そうです………」
「笑（え）むという行為は非常に大切な事であり」
「心に潤（うるお）いを与える為の行動なのです！」
「故に、欠落は驚異（きょうい）を招き」

「死を意味する事になるでしょう………」
「今、貴方が死に急ぐ自分を」
「無理やりにでも取り止めようとしているのは」
「何故ですか？」
「言葉に出し、表さなかった想いこそが」
「あなた自身の誇りなのです！」
「誇るべきものを取り違えない事！」
「いいですね？」

「はい！」

「心にゆとりを、貴方に安らぎを」
「ほんの一時でいい」
「与えてあげて下さい………」
「これから先に起こりうる」
「数多くの苦難を乗り越える為に」
「決して揺るがぬ強さを手に入れる事！」
「そして、想う心と共に」
「人の痛みを学ぶのです。」
「知識として、器として」

「全ての物事を修練だと捉（とら）え」
「明日を繋（つな）ぎ止めてください………」
「見栄（みえ）や外聞（がいぶん）を捨てれば」
「出来ぬ事など無いのですから………」

「はい………」

「話が長くなりましたが」
「私に言える事はココまでです。」
「自分を信じて、君は強い！」
「だからこのような夢を見る事が出来た………」
「激路（げきろ）の経験を用いて帰りなさい！」
「そろそろ時間のようですね………」
「さようなら、智也くん………」

あれは、まぎれもなく現実世界だった………
三月さんが居たあの世界が暗闇に飲まれた後
私には何一つ変わらない実社会が訪れたが
教えられた事を冷静に判断した結果
語られた言葉全てが

的（まと）を射（え）ている事に気付き
多くの言葉を学習として捉（とら）える事で
諦（あきら）める前に遣り遂げてみよう！という
新たなる観点に行き着いたのです………

その答えを率（ひき）いて、ただひたすらに
自分の信じる道を歩いてきた結果………
己の殻（から）を打ち破り
自らの手で引き籠り症を
克服（こくふく）する事が出来たのです！

生還（せいかん）当時の私は
まるで夢でも見ていたかのように
自室内にて、呆然（ぼうぜん）と時を過ごしており
しばらくの間、体を動かす事が出来なかった………

荒々しい吐息（といき）が
静まりかえる室内へと響き渡り
時計の秒針が、大きな音で
刻一刻と時を刻み続ける………

その事に気付いた後
自らの置かれている現状を
的確に把握してゆく事で
徐々に落ち着きを取り戻してゆく………

そして、ある程度の状況を
認識する事が出来た私は
意を決し、ためらう事なく今を生き抜く為に
親、兄弟、友のもとへと出向き
土下座（どげざ）をして
食料を分け与えてもらいました………

一人暮らしを始めて一年半………
葛藤（かっとう）に次ぐ葛藤の中
蓄えてきた資金が底を突き始める事で
死を覚悟する………
そして、屈辱の果てに出会った友の言葉を信じ
再起を掛ける者として形振（なりふ）り構わず這（は）い上がって来たのです！

そんな男に
何が出来るのかまでは分からないけれど………
人の温（ぬく）もりや想い、真意に触れた瞬間があり
己の非力さというものを
嫌というほど痛感させられた時があった事を
私は生涯忘れないだろう………

親元へと出向き、両親の前で土下座をした時
食料を分け与えてもらうという行為に対して
強かった父が目に涙を浮かべた………

もしかしたら、苦しむ我が子を横手に
何の援助も手助けも出来なかった己を
悔いる涙だったのかも知れない………
それとも、見栄や外聞
恥を捨てた男に対する一礼だったのか？
そこまでは分からないけれど………
でも、父は確かにこう言ってくれたのです……

「頭を上げなさい！」

「米や食料など、いくらでも」
「好きなだけ持って行けばいい！」
「苦しい時は我慢をせず」
「人に頼りなさい………」
「きっと、力を貸してくれる人が居ると思う……」
「私達は、どうしても一人では生きて行けない！」
「だから群れを成し、家族を持ち」
「多くの友と出会いたいと望むのだろう……」
「今の自分がどうであれ、後の自分が」
「悔いも後悔も持たぬのなら」
「それを前進と言うんだ！」
「もっと多くの人達を見てきなさい！」
「それが、後の経験に繋がるハズだから………」

そう語る父を前にして
返す言葉などなく、ただひたすらに
親の存在を大きいと感じていた………

兄弟のもとへ出向いた時も同じで
友のもとへと出向いた時も同じだった………

そうこうして与えられた食料全てを
この胸に収めた時から
ある事に気付かずには居られなかったのです！

それは、人間不信という名の観点についてでした……
私は、今まで誰一人として
信じられないと思ってきましたが
それは、間違っていたのです………
私が信じられなかったのは、第三者ではなく
小坂　智也、自身だった………

その事に気が付いた時から
この世の中で成さねば成らぬ事を知りました……
だから、今は毎日が勉強の日々で
人の言葉や想い、心情や環境、動作や目線
そういったもの全てが、私の瞳へと映り込み
今まで気にも止めなかった出来事を
確実に得捉（えとら）えてゆく事で
多くの物事に気付くようになったのです！

決して妥協をせず、必ず自分なりの観点で
答えを求める事を心がけ
一歩、一歩を確実に歩いて行く人の事を
強い人と表現するのでは無いでしょうか？

今日も、明日も、明後日も
ずっと変らない時の中で生きて行くからこそ
見えなくなる事の恐怖を
知らなければならなかったのでしょう………

私が夢から目覚めた時、夕暮れの光が
部屋全体に差し込めていました………
その陽光は街道となり
私に新たなる道を記したのです。

あれから２年………
やっと安定期を迎え
今という時を謳歌（おうか）している………
生きる事の意義を知り、笑む事の大切さを知り
人々の気持ちと想いが、どれほどの支えとなり

郵便はがき

恐縮ですが
切手を貼っ
てお出しく
ださい

1 6 0 - 0 0 2 2

東京都新宿区
新宿1－10－1

**(株) 文芸社**

ご愛読者カード係行

| | | | |
|---|---|---|---|
| 書　名 | | | |
| お買上<br>書店名 | 都道<br>府県　　市区<br>郡　　書店 | | |
| ふりがな<br>お名前 | | 明治<br>大正<br>昭和　年生　歳 | |
| ふりがな<br>ご住所 | □□□-□□□□ | 性別<br>男・女 | |
| お電話<br>番　号 | (書籍ご注文の際に必要です) | ご職業 | |

お買い求めの動機

1. 書店店頭で見て　2. 小社の目録を見て　3. 人にすすめられて
4. 新聞広告、雑誌記事、書評を見て(新聞、雑誌名　　　　)

上の質問に1.と答えられた方の直接的な動機

1. タイトル　2. 著者　3. 目次　4. カバーデザイン　5. 帯　6. その他(　　　)

| | |
|---|---|
| ご購読新聞　　新聞 | ご購読雑誌 |

**文芸社の本をお買い求めいただき誠にありがとうございます。この愛読者カードは今後の小社出版の企画およびイベント等の資料として役立たせていただきます。**

本書についてのご意見、ご感想をお聞かせください。

① 内容について

② カバー、タイトルについて

今後、とりあげてほしいテーマを掲げてください。

最近読んでおもしろかった本と、その理由をお聞かせください。

ご自分の研究成果やお考えを出版してみたいというお気持ちはありますか。

ある　　ない　　内容・テーマ（　　　　　　　　　　）

「ある」場合、小社から出版のご案内を希望されますか。

する　　しない

ご協力ありがとうございました。

〈ブックサービスのご案内〉

小社では、書籍の直接販売を料金着払いの宅急便サービスにて承っております。ご購入希望がございましたら下の欄に書名と冊数をお書きの上ご返送ください。（送料１回210円）

| ご注文書名 | 冊数 | ご注文書名 | 冊数 |
|---|---|---|---|
| | 冊 | | 冊 |
| | 冊 | | 冊 |

力へと変りゆくのか？

それを痛いほど感じる事が出来て

初めて人として成立するのだという事を

この身を持って教えられたのです。

だからこそ、一転（いってん）の真意を用いて

新たなる街道を歩み行く………

恩義（おんぎ）と言う意（い）に

再起を掛けて………

# 『僕と美由紀………』

毎年、夏休みになると
田舎へやって来る女の子が居た………
今年も昨年と同じく
電車に揺られながら
この土田舎へと足を踏み入れる………
その光景を見る度に
僕は彼女と出会った時の事を想い出してしまう……

あれは、４年前の事だった………
当時、中学１年生だった僕が、小高い裏山で
いつものように町並みを見下ろしていると
後ろから嫌味な言葉が飛んで来て
それが永遠と続く………

「ほほ〜、良い眺めですなぁ〜………」
「ココで運命的な出会いでも待ってるとか？」
「ないないそんなの」

「ドラマでもあるまいし………」

そう言って、一人で騒ぎ続ける彼女を背に
僕は、一言の反論を試（こころ）みるが
あえなく撃沈（げきちん）………
それが彼女との出会いだった………

「嫌な奴………」

そんな想いが第一印象となり
一ヶ月以上もの長い夏休みを
共に過ごす事となる………

翌日、僕はいつものように裏山へと出向き
巨木の上から村全体を眺め下ろしていた………

夏の風を心地良いと感じ
穏（おだ）やかな時間が過ぎ行く中で
僕もいつしか大人への歩みを進め行くのだと
そう思い、セミの声に耳を傾けた時

また彼女が現れた………

「よっ、文学少年………」
「木の上で青春ですか？」
「それとも俳句？」
「短歌かしら？」
「若いわねぇ〜………」
「はっ！　もしかして‼」
「私がまたココに来てくれるんじゃないかと思い」
「待ってたとか？」
「ないないそんなの………」

そう言い放つ彼女を冷やかな眼差しで見た時
彼女が一言の言葉と共に
予想外の行動を起こす………

「おっ、冷ややかですねぇ〜………」
「夏だというのに」
「何故こんなに寒いんでしょう？」
「もしかして、お…邪…魔？」

「お～い、聞いてる？」

「聞いてない！」

「聞こえてるじゃん！」
「ねぇ～、そこ眺め良さそう？」

「さぁ～ね………」

「登って見ようかな………」

「えっ!?」

とまぁ～、驚いている時間さえも無く
気付いた時には僕の真後ろに居て
キャ～キャ～と騒いでいた………

「お前さぁ～………」
「他に友達とかいね～のかよ!?」
「暇人（ひまじん）だなぁ～………」

「あら、貴方がそういう事を言う訳？」
「木の上で、ただバカみたいに」
「町を見下ろしてる人が」
「そういう事を言うのね？」
「なるほど、メモしておかなければ………」

「メモ帳なんか持ち歩いてんのか？」

「ある訳無いじゃん！　そんなの………」
「その場のノリって奴かしら………」

「はぁ～、さいですか………」

「疲れるわよねぇ～子供って………」
「あっ、そうそう、知ってた？」
「子供って、子供なりに」
「何か色々と悩みとかあるのよ？」
「あなた子供でしょ？」

「お前だって子供じゃん………」

「そうだったかしら？」

「おまえ天然か？」

「かもね？」

気が付くと、彼女のペースに巻き込まれていて
抜け出す事さえ出来ない僕がいた………
その事を知り得た後
都会の子は皆こんな感じなのか？と
そう思い、苦悩の日々へと繋（つな）げ行く事で
無駄な時を謳歌（おうか）してゆく………

当時の僕は、都会に対する憧れを持っていて
どんなに良い街なのだろうかと思い
想像ばかりを膨（ふく）らませていたのだ！
そんな僕の目に
彼女の姿はどう映っていたのだろう………

４年前の出会いから
ずっと続いているこの腐れ縁は
いつ途切れるという事もなく
永遠に続いて行くような気がして
半（なか）ば怖いもの見たさだったような気が
しないでもない………
そう考えながらも、駅のホームに立ち
彼女が来る事をずっと待ち続ける僕がいて
その想いに応（こた）えるかのように
今年も彼女が現れた………

遠方から迫り来る列車が
軋（きし）む音と共に徐々に速度を落とし
停止線へと近づいて行くのを確認した後
車内から、僅（わず）かな手荷物を下げて
下車する美由紀の姿を目にする事で
僕は、心の中で小さくガッツポーズを決めずには
居られなかったのだ！

そんな僕の心情にお構いなく
ホームへと降り立った美由紀が
突然、意味不明な言葉を言い放つ………

「本日も快晴！」
「感度良好………」
「来たれ我が祖国!!」

「はぁ～？」

「よっ、文学少年………」
「元気でやっとるかね？」

「また来たのかよ～………」
「暇人が………」

「あんたもね………」

とまぁ～こんな挨拶が
半ば当たり前の共通言語となり

お互いが笑むその姿を見た時から
再び夏の想い出が幕を開ける事となる………

４年間の間、ずっと変わらない夏の出来事が
今年も飽きる事無く繰り返されてゆく………
そう思っている僕の手を引き
駅のホームを出た直後
彼女は必ずこの言葉を言い放ち
嫌がる僕に、無理やり道案内をさせる………

「スイカが食べたいのよねぇ～」
「畑へ行こう畑へ………」
「んでもって、怒られるのは貴方ね………」

「自己中な奴………」

「あら、そう？」
「妙に気取って、ぶりっ子してる子より」
「良いと思わない？」

「そうかなぁ～………」
「俺はどっちもどっちのように思えてきたぞ？」

「なに？　もしかして…………」
「私って、無神経な子みたいに映ってる？」

「みたいってところは必要ないけどな………」

「何それ？　ムカツクわねぇ～……」
「レディ～は最優先なのよ？」

「何の基準だよ？」
「遠回しにレディーファーストを」
「持ち出してるだけだろ？」

「えっ、もしかして」
「ダイレクトの方が良かった訳？」
「ダイレクトって事はね………」
「直通って事なのよ？」
「分かる？　コレ？？」

「分かるよ………」
「バカ丁寧（ていねい）に説明されなくても………」

「そうね………」

「変な奴………」

そんな何気ない会話が
一年に一度きりしか出来なくて
わずか１ヶ月半という短い時の中で
僕達は精一杯今を謳歌する………

何も変わらないようでいて
少しずつ何かが変わってゆく………
その事に気付いた時から
毎年のように、心の中を不思議な風が
吹き荒れて行くのを感じていた………

翌日、キュウリ１本を片手に

僕を呼び出す美由紀がいて
満面の笑みを浮かべながら
カブトムシを捕まえろと言う………

「ねぇ〜、虫取り出来るんでしょ？」

「まぁ〜な………」

「これ見て、これで虫取れる？」

「それってキュウリだろ？」
「普通に考えても」
「キュウリじゃ取れね〜だろ？」
「あっ、分かった！」
「お前、俺を担（かつ）ごうとしてるだろ？」

「ん？　何の事？？」

「いや、何でもない………」
「んで、何でキュウリで」

「虫取りが出来ると思ったんだ？」

「あのね、図鑑に載ってたのよ」
「キュウリで虫取りが出来るって………」

「お前、絶対天然だろ？」

「そうかしら？」

「自覚症状無しってところだな………」

「で、どうなの？」

「キュウリじゃ取れねぇ～よ！」
「ただ、キュウリを食う虫ならいる！」
「スイカとかも食うぞ!!」

「何それ、面白いわね～………」
「で、取れるの？」

「いや、取れるけど………」

「普通はさぁ～、女の子って」

「虫とか嫌うんじゃね～のか？」

「それって、個人差があると思うのね？」

「どう、今日の私はまとも？？」

「半分半分だな………」

「何それ………」

「べつに～……」

この言葉と共に、不思議な感覚を味わい

自然と笑みを零（こぼ）している僕がいた………

そんな想いを抱きながら

カブトムシを捕まえた後、美由紀に手渡すと

彼女はただひたすらに笑い転げて

「スイカを食べてる」って、そう言いながら

大声を張り上げていた………

僕にとっては何気ない光景なのに
美由紀にとっては新鮮な光景だったのだろう……
笑む彼女の姿は
周囲の者すべてを明るくしてゆくようで
なんだか、心の中にある靄（もや）とか、重荷とか
そういったもの全てが薄らいで行くような
そんな感じだった………

毎日何気なく朝が来て
夜が来て、一日が終わる………
その事を知り得た時から
僕達は自分なりの速度で歩き始める………
そして、８月の第一日曜日を迎えた頃………

この村でも、ささやかながら
盆踊りが執り行われる事となり
組み上げられた矢倉の下で
円を描きながら踊り続ける人達の姿を
歓喜（かんき）の思いと共に見続ける

美由紀の姿があった………

毎年のように続いている
こんな何気ない光景さえも
美由紀の心を通して見れば
目を潤（うる）ませて感動する程の出来事へと
変わりゆくのだ！

観点の違い、想いの違い、環境の違い………
そういったもの全てが
都会っ子と田舎っ子の絶大的な差へと
繋がりゆくのだろう………
そう思う僕の姿を置き去り
祭りを謳歌する美由紀の姿があった………

「ねぇ〜、屋台（やたい）よ屋台！」
「やっぱ田舎は違うわ〜………」

「どう違うんだよ？」
「都会はもっと凄（すご）いのか？」

「う～ん、都会はねぇ～」
「ゴミゴミしてるだけ……かな？」

「へぇ～………」
「そうなのか………」
「でもさぁ～、田舎の盆踊りって退屈だぞ？」
「人数少ないからさぁ～、どうしても」
「盛大な盆踊りって訳にはいかないんだよね……」

「ふ～ん………」

「だからかな？」
「皆が力を合わせて」
「真剣に何かをやろうとしてる………」
「例えば、一年の労（ろう）を労（ねぎら）うとか」
「そんな感じなんだよ………」

「そっか………」
「田舎の盆踊りって」

「なんか暖かいね………」

「えっ………」

それは、今までの美由紀とは
まったくの別人で、この４年間の間
一度たりとも見せた事の無い美由紀の姿と
直面した瞬間だった………

真面目で、純粋で、優しいその眼差しに
吸い込まれそうになる僕がいて
都会とか、田舎とか、そんな事全てを忘れて
ただひたすらに祭り矢倉を見つめる美由紀の姿を
心の中に焼き付ける事しか出来ない僕がいた……

そして、時の経過と共に
徐々に明かりが落ち始めた頃………
美由紀が夜空を見上げて
たった一言だけ呟（つぶや）いた………

「ねぇ～………」
「来年もまた、ココに来ていいかな？」

美由紀らしくないその言葉に
戸惑いを隠せなかったけれど
気が付くと、僕は今までと同じ接し方で
彼女に接していた………

「来たいと思った時に」
「来ればいいんじゃない？」
「それに、もう５年目だぞ!?」
「普通はさぁ～」
「１年目の時に聞くんじゃね～の？」

「そう？」

「そうだよ………」

「ねぇ～知ってた………」
「物事には、順序っていうのがあるのよ……」

「それをお前が言うか？」

「あら、発言権は誰にでも」
「皆平等にあるのよ！」

「あっそ………」

「あ～邪険に扱ったわね～………」

「じゃなくて………」

「はっ！　まさか………」
「私を世間知らずな女だとか思ってる？」
「ないないそんなの………」

「なんだかなぁ～………」

いつもの美由紀に戻ってくれた事が凄く嬉しくて
だけど、真面目な美由紀の姿が

気になって仕方がない………

そんな消せぬ想いを胸に抱きながら

残りわずかな夏休みを真剣に味わい

記憶として残しゆく………

まるで、この夏に全てを賭（か）けているかのように

全力で走り続ける僕達の姿は

いつまでも心の中に残り続け

決して消える事の無い現実として

抱（いだ）かれてゆくのだろう………

そう思い、過去を懐かしむ僕がいた………

そんな僕の姿を知ってか知らずか………

翌晩、打ち上げ花火ばかりを

両手一杯に抱えて、ニコヤカに微笑みながら

美由紀が語りかけてきた………

「ねぇ～、花火しようか？」

「あぁ～いいけど、でもさぁ～」

「それ全部打ち上げ花火じゃん？」

「問題ないない！」

「お前なぁ～………」

「あっ、いま型破りな女だとか思った？」

「別に～………」

「へぇ～思わなかったんだぁ～………」

「なっ、何だよその企（たくら）んだ目は………」
「はは～ん………」
「さてはお前、変人だな！」

「かもね………」

「オイオイ……」
「認めんのかよ………」

「まぁ〜ね………」

「変な奴………」

そんな会話を交わした後
夜空の下で打ち上げた花火は
小川を明るく照らしながら
七色の発色と共に散りゆく………
その光景を、幾度となく繰り返し
共に笑いながら、日に日に夏も
終りへと近づいてゆく………

美由紀が来たあの日から、徐々に陽が落ち
時が経過してゆく光景を送り見る事により
再び何気ない毎日へと変わりゆくのだと
そう思っていた………
彼女が、この言葉を言うまでは………

「ねぇ〜、大学って行く？」

「う～ん……どうかな？」
「家（うち）は、農家だからなぁ～」
「それに、俺長男だし………」
「進学するとか、しないとかの前に」
「家を継がなきゃいけないんだよね………」
「自分の未来がどうとかよりも」
「農家を守り、この田舎の風景と共に」
「未来を見る事………」
「それを誰かがやらないと」
「田舎は、この日本全土から」
「消えてしまうんじゃないかな？」

「そう………」

「うん、美由紀はさぁ～」
「進学して、自分の夢を追うんだろ？」
「何になりたいのかは知らないけど」
「今以上に学が必要なんだよな？」
「だから、大学へ進学するんだろ？」

「えっ……」
「あ〜、その〜………」

「お互いに、進む道は違うけど」
「でも、いつか俺の作った野菜を」
「食いに来いよな！」
「その時は、腹一杯になるまで」
「食わしてやるからさぁ〜………」
「だから、絶対に来いよ！」

「うん………」
「あっ、あのね………」

「ん？」

「私、そこまで考えてなかったんだ……」

「何が？」

「進学の事………」

「親のスネ任せってか？」

「そう！」

「否定しないのか？」

「出来ないよ………」

「そうか………」

「でもね、今はっきりと分かった事があるよ……」
「それは、私も負けてられないって事！」
「何になるかは、まだ分かんないけど」
「でも、来年またココに来る事だけは」
「約束できるよ………」

「そっか………」
「じゃ～来年もまた」
「スイカを食う虫でも捕まえるか？」

「そうね。」

この会話が、美由紀にとって
本当に心残りの無い会話になったのだろうか？
僕は、それが気がかりでならない………
頑張って、頑張って、頑張り過ぎたが故に
その先にある何かを黙視し
挫折するかも知れない………
そう思うと、このまま美由紀を
返すべきなのかどうかさえ分からなくなる………

「きっと見つかるさっ！」

そう思い、無責任な共感をする事しか出来ない僕に
唯一（ゆいいつ）出来る事があるとしたら………
微笑み掛ける彼女の姿を
最後の最後まで見続けてあげる事………
今の僕には、そんな事ぐらいしか出来ないけれど
心の中では祈ってるよ………

「いつか、きっと………」

僕にも、美由紀にも
悔いの無い未来が来るんだって………
そう信じて、明日を迎え入れる。

1999年8月25日………
少し早いけれど………
美由紀は都会へと帰る事を決意し
来年までの別れを告げるべく
僕も駅のホームへと出向く………

「来年もまた来るからね………」
「嫌って言うほど疲れさせてあげるわ！」
「それと、来年の美由紀ちゃんは」
「もしかしたら」
「大人の女性になってるかもよ？」

「ないないそんなの………」

「あ～、人のセリフを」
「横取りしたわね～………」

「まぁ～な！」
「来年も、またココで待ってる……」
「だから、すっぽかすなよ………」

「さぁ～ね………」

「ったくお前は………」

「ありがとう……なんてね………」
「バイバイ………」

そう言い残し、美由紀は都会へと帰っていった………
列車が見えなくなるまでの間
ずっと手を振り続ける僕と美由紀との間に
距離らしいものは見当たらない………

来年も、また同じ時が訪れる………

そう信じて、僕は僕の歩むべき道を

彼女は彼女の歩むべき道を

ただひたすらに前進してゆく………

「大人への歩みとして………」

「懐かしい過去を語れる自分と」

「出会う為に………」

# 『続　僕と美由紀………』

2000年………
今年もまた同じ夏がやって来た………

飽きる事なく繰り返されるその光景は
いつしか当たり前の出来事へと変わり
再び同じ時を刻み続ける………
そう思い、駅のホームへと
出迎えに行った僕の目に飛び込んできたその光景は
猛暑の中、一本早い電車で来た美由紀が
ふてくされながら出迎えを待つ姿だった………

「あちゃ～………」
「まずいなぁ～………」

その一言が、まるで聞こえているかのように
ごく自然に振り返り、僕の姿に気が付いた美由紀は
不敵な笑みを浮かべながら

大きな声で一言の言葉を言い放つ！

「寒いわ～、とても寒かったの～………」
「さっきまで雪が降ってたんだから！」
「分かる？　コレ？？」

「あぁ、分かるさっ！」
「暑さのあまり、壊れたって言いたいんだろ？」

「違います！」

「約束どおり………」
「ちゃんと出迎えに来てやったぞ！」

「遅かったけどね？」

「オウオウ………」
「根に持ってくれんじゃねぇ～か！」

「あら、江戸っ子なのね？」

「まぁ〜な！」

「変なの………」

「そうか？」

「ねぇ〜………」
「まさかとは思うけど、東京の男全員が」
「そんな話し方をすると思ってるとか？」

「えっ、違うの？」

「ないないそんなの………」
「時代劇の見すぎなんじゃない？」

「そうかなぁ〜？」

「そうよ………」

「う～ん………」

「まぁ～何にせよ」
「ようこそ、土田舎へ………」

「それ俺のセリフだよ！」

「そうだっけ？」

「お前なぁ～………」

そんな何気ない会話を交わした後
駅のホームから出ようとした僕の手を掴（つか）み
お決まりの一言が飛び交う………

「スイカが食べたいのよねぇ～」
「畑へ行こう畑へ………」
「んでもって、怒られるのは貴方ね？」

「自己中な奴………」

「あら、そう？」
「妙に恩着せがましい子より」
「良いと思わない？」

「そうかなぁ～………」
「十分恩着せがましいような気がするぞ！」

「あ～、もしかして私の事を」
「理解不能な女だとか思ってる？」

「う～ん………」
「まぁ～そう思った日が無いとは」
「言い切れんなっ！」

「何それ？　ムカツクわねぇ～………」
「あっ、そうそう………」
「スイカを食べる虫、まだ生きてる？」

「お前なぁ～………」

「そんなの生きてるわけね～だろ？」

「そうなの？」

「図鑑で見たんじゃないのか？」

「見たわよ………」

「スイカを食う虫って」
「不老不死だって書いてあったか!?」

「う～ん………」
「そうねぇ～………」
「どうだっかしら？」
「確かねぇ～………」

「おいおい………」
「こんな事で悩むなよぉ～……」

「そうね………」

「変な奴………」

昨年に続き、今年も美由紀が現れた………
東京という大都市から
こんな土田舎までたった一人でやって来て
親戚の家に寝泊りしている………
それが幸か不幸か、僕の家まで
僅（わず）か10分程度の距離にあり
暇さえあれば絡（から）んでくるのだ！

「おぉ〜、見えた見えた」
「我が祖国………」

「祖国って………」
「お前のおばあちゃん家が」
「見えてるだけだろ？」

「そうね………」

「なぁ～美由紀………」
「お前、おばあちゃんの家に」
「泊めてもらってるんだよな？」

「うん、そうだけど………」
「どうしたの？　突然？？」

「いや、あのな………」
「今まで美由紀の姿を見た事が無かったんだよ！」
「気のせいかも知れないけど」
「正月とか、盆とか」
「そんな日でさえ見なかった気がする………」

「うん、そのハズだよ………」
「だって、昔の私は………」
「田舎なんて大嫌いだったもん！」

「そうなのか？」
「じゃ～なんで田舎に来た訳？？」

「それはね………」
「大切な何かを見付けたかったから……」
「かな？」

「なんだそりゃ？」

「何でもない！」

美由紀の口から出たその言葉は
妙に心の中へと留まる言葉だった………

大切な何かを見付けに来た………
そう言われて
僕にも大切な何かがあるのかな？って
そう思い、真剣に考えてみたけれど
結局答えは出ず終（じま）いで
時の経過と共に徐々に忘れて行く………
そして、何事も無かったかのように
いつもと同じ夏が始まった………

翌日、早朝だというのに
僕を近くの川まで呼び出す美由紀がいて
虫取り網を片手に魚を取れと言う………
その無理難題を受けて立った僕は
苦戦をしいられた結果、小さな魚を
網の中へと追い込む事が出来たのだ！
しかし、その魚を見て
美由紀が呟（つぶや）く………

「これ、魚？」

「魚だよ………」

「小さいわねぇ〜………」
「もっと大きい魚は取れないの？」

「お前なぁ〜………」
「考えてみろよ、大きい魚は力が強いだろ！」
「だから、この網じゃ無理だよ………」

「じゃ～川の流れを塞（せ）き止めてから」
「素手で捕まえたら良いんじゃない？」

「小川じゃないんだぞ！」
「向こう岸まで何メートルあると思ってんだよ!!」

「5…6メートル？」

「その倍以上はあるだろ？」

「え～、そんなに無いよ？」

「お前、目が悪いんじゃね～の？」

「悪くないよ？」

「じゃ～数学苦手だろ？」

「苦手じゃないよ？」

「だったら何で分かんない訳？」

「う〜ん………」
「何でだろう？」

「ったく、しょうがね〜なぁ〜………」
「小川まで行くか？」

「でもさぁ〜、小川の魚って」
「小さいくない？」

「そりゃ〜小さいけど」
「でも、この魚よりは大きいと思うぞ？」

「そうかなぁ〜」

「ケンカ売ってんのか？」

「別に〜………」

毎年、夏休み初日はこんな感じで
早朝からバカ騒ぎをしていた………
それが、半ば当たり前のように思えていて
都会では絶対に味わえない遊びなのだという事にさえ
気付かなかった………
だから、父さんの言ってた言葉を
思い出したのかも知れない………

「都会の子っていうのはなぁ～………」
「時々、田舎の遊びに憧れる事があるんだよ」
「何て言うか、都会じゃ出来ない遊びが田舎にある」
「とでも言うのかなぁ～………」
「テレビゲームってあるだろ？」
「家に籠（こも）って、ピコピコやるやつなっ！」
「あれじゃ～、記憶なんて作れね～よ！」

「どういう事？」

「分かんないのか？」
「お前は大自然の中を駆け回る楽しさを」

「知ってるだろ？」

「うん………」

「でもな、ゲームばかりしてる子は」
「外へ出ても、楽しいとは思えなくなるんだ！」
「釣りが出来なくて、キャンプに行けなくて」
「ツーリングに行く事を怖（こわ）がって」
「夏場だってただ暑いだけ………」
「そう感じてしまうんだよ………」
「だけど、皆が皆そうだって言ってる訳じゃない！」
「例外は確かにいる!!」
「でもな、他にも遊びはあるんだよ！って」
「そう言われた時や、ゲームしようか？って」
「そう問われた時、真っ先に知らないとか」
「分からないとか、ゲームという言葉を聞くだけで」
「テレビゲームの事を思い浮かべてしまう………」
「それじゃ～記憶なんて作れないんだって事！」

「ふ～ん………」

「でもさぁ～、記憶って」
「そんなに大事なものなのかな？」

「大事さっ！　記憶ってのはな………」
「その場限りのゲームと違って」
「大人になっても、ずっと覚えてるものなんだよ……」
「何かを引き金に思い出す！」
「そんな記憶もあるし、匂いや風景から」
「呼び起こされる記憶だってあるんだぞ！」
「だからな、都会から田舎へと来る子は」
「皆、記憶を作る為に来てるんだ！」

「そうなの？」

「そう………」
「まぁ～、嫌な事を忘れる為」
「っていうのもあるけどな？」
「だったら、なおさらだ！」
「楽しい記憶を沢山作って」
「目一杯の笑顔で笑わせてやれ！」

父さんは、そう言ってたっけ………

そうか！ だから美由紀はあの時
大切な何かを探しに来たって言ったんだ！

楽しい記憶を作る為か？
都会での嫌な出来事を忘れる為か？？
それとも、他の何かか…………
いずれにせよ、僕に出来る事はただ一つ！
目一杯の笑顔で笑わせてあげる事!!
それだけなんだ………

そう思った僕は
再び彼女と触れ始めていた………

目を返した直後、両手一杯にすくった水の中に
小さな魚を入れ
足早にバケツを探し回る美由紀の姿と直面し
その光景が堪（たま）らなく可笑（おか）しくて
耐え兼（か）ねた僕が

人事のように笑っていると
美由紀が憎まれ口を叩き
さも知らんふりをして過ぎ行く………

「ちょっと、そこの貴方………」
「バケツ持ってないかしら？」

「はぁ～？」

「持ってないの？」
「役に立たない男ね～………」

「何を～！」

「あった!!」

「それ箒（ほうき）じゃね～の？」
「へぇ～、美由紀ちゃんは」
「箒とバケツの区別も付かないんだねぇ～……」
「うんうん、そうかそうか………」

「言ったわねぇ〜………」
「でも問題ないも〜ん！」

「何が？」

「実はね〜………」
「ココにバケツがあったりするのだ！」

「うわ、汚ね〜奴だな！」
「足元に隠してただろ？」

「さて、どうだかね〜………」

不敵に笑う彼女の姿が
昨年よりも生き生きとしていた………
きっと、都会で何かあったのだろうと
そう思う事にした僕は
目一杯バカな事に付き合いながら
満面の笑みを浮かべる事にした………

そんな僕の姿を見て
笑いながら従（つ）いて来る美由紀と共に
今年も夏を謳歌（おうか）してゆく………

そして、あっと言う間に７月の後半を迎え
セミの声が一層強く聞こえ始めた頃………
突然、美由紀が一言の言葉を発した………

「ねぇ〜、貴方の行ってた学校が」
「見てみたいんだけど………」

「えっ？」

「小学校よ………」
「まっ、まさか行ってないとか？」

「そんな訳ね〜だろ！」

「あっ、分かった………」
「苦（にが）い思い出があるんでしょ？」

「何だよそれ？」

「例えばさぁ～………」
「ガラスを割ったとか」
「女の子全員に恨まれてたとか………」
「そんなの無い？」

「無いよ、そんなの………」

「そうなの、つまんないなぁ～……」

「何だよそれ？」
「恨まれてた方が良かった訳？」

「まぁ～ね？」

「お前なぁ～………」

「ねぇ～、見せて………」

「学校………」

「いいけど、何も無いぞ？」

「いいの………」

「ふ〜ん………」

僕は訳も分からないまま
母校へと美由紀を案内し
彼女と共に、狭い校庭と
平屋の小さな校舎を黙視する事で
懐（なつ）かしい光景に直面してしまい
何処（どこ）からともなく溢（あふ）れ返る記憶が
止めどなく呼び起こされてゆくのを感じていた………

あんな事もあったとか………
こんな事もあったとか………

そう思いながら

微（かす）かな記録を辿（たど）って行くうちに
校庭内を、縦横無尽（じゅうおうむじん）に
走り回っている自分の姿があった………

楽しそうに微笑むその姿を前にして
笑みを零（こぼ）さずには居られない僕がいて
校舎全体を眺め上げる行動が
更なる記憶を呼び覚まそうとしていた………
そんな僕を現実世界へと
引き戻すかのように、美由紀が
一言の言葉を言い放つ………

「ねぇ～、中には入れないの？」

「えっ、あ～………」
「何で？」

「あるんじゃない？」

「何が？」

「柱書き………」

「お前さぁ〜………」
「何処からそういう情報を」
「仕入れてくる訳？」

「それはね〜………」
「お父さんからだよ………」

「えっ………」

「お父さんもね」
「この学校を卒業したんだって………」

「ふ〜ん………」
「そっか、じゃ〜俺の先輩だな………」

「ず〜っと年上のね……」

「でもさぁ～………」
「お父さんの柱書きを見たいなら見たいで」
「言えば良かったじゃん？」
「そしたら、先生に言って」
「学校を開けてもらったのに………」

「そうね。」

「えっ？」

僕はこの時…………
言葉に出来ない何かを感じてしまった………

明るさの中に隠れる優しさ
とでも言うべきだろうか？
上手（うま）く表現出来ないけれど
でも、確かにそう感じたんだ！
だけど、それが何だったのかが分からないまま
時は過ぎゆき、8月5日を迎えた頃………
毎年のように執り行われている盆踊りが

今年も執り行われ、美由紀は浴衣姿で現れた……

落ち着いた大人の浴衣を身に纏（まと）い
テレながら立ち振舞う彼女の姿と直面する事で
言葉を失ってしまった僕は
呆然（ぼうぜん）と立ち尽くす事しか出来ず
美由紀が語り掛けてくるまでの間
言葉を交わせずに居た………

「ねぇ～………」
「盆踊り、今年も行くでしょ？」

「う、うん、行くけど」
「なんで？」

「別に………」

「そう………」
「あのさぁ～………」
「何かあったのか？」

「何が？」

「いや、その～………」
「今までと違うからさぁ～」
「あっ、いや、そう言うんじゃなくて………」
「その～、なんて言えばいいんだろう………」

「何も言わなくていいんじゃない？」

「えっ？」

「ただ黙って手を取る！」
「それが、男の子のレディーに対する」
「礼儀なんじゃないかしら？」

「そうか………」
「う～ん……そうだな………」
「じゃ～行くか？」

「うん………」

前々から美由紀に二面性があった事は
気付いていたけれど
ココまではっきりと表に出した事は
無かったんじゃないかな？
都会での美由紀が
どんな子なのかは分からないけど
僕の目の前に居る、この優しい女の子が
都会でもそのままの姿で居るのではないだろうか？
とまぁ～、これは自分勝手な想像だけど
僕はそう思いたい………

辛い事や、苦しい事、悲しい時や寂しい時………
そんな日々を、ただじっと我慢して
夏休みまでの長い間を
繋（つな）げて来たのかも知れない………
そう思うと、心の中が優しさで
溢（あふ）れ返って行くのが分かった………
その暖かさ全てを使って

彼女の心を癒（いや）してあげようと
そう思ったのだ！

「ねぇ〜………」
「考え事？」

「えっ、あ〜………」
「まぁ〜ね………」

「へぇ〜………」
「太一も考え事をする時があるのね？」

「なんだよ、無いと思ってたのか？」

「ううん、あると思ってたよ………」
「だって、ボ〜っとしてる事多かったし……」

「そうか？」

「うん………」

「ねぇ～、覚えてる？」
「昨年の盆踊りの時だったかなぁ～？」
「私が、来年もまたココに来ていいかなって」
「そう言ったでしょ？」

「あぁ………」

「あれね、ずっと前から思ってた事なの」
「それを、昨年やっと言えたのよ………」

「そうか………」

「そう………」
「だからね、今年も同じ事を言うね？」

「うん………」

「ずっと………」
「ココに居ていいかな？」

「えっ？」

「大学を辞めて」
「ココに来たいなぁ〜って」
「そう言ったの………」
「ダメかな？」

「いや、ダメじゃないけど」
「勉強とか、夢とかは？」
「美由紀のやりたい事はどうするんだよ？」

「私のやりたい事？」
「それって、ココにあるよ………」
「自分が何を望んで」
「どうなりたかったのか？」
「未来の夢がどんなもので」
「それをどうやって掴（つか）めばいいのか？」
「そういった事全てを」
「ずっと考えていたの…………」
「そうしたらね、ある答えに行き着いた………」

「答え？」

「そう、答え………」
「待ってるだけじゃダメなんだって事！」
「夢見てるだけじゃ叶（かな）わないんだって事！」
「その事に気付いていながら」
「行動に起こせるまでの間が」
「すごく長かったけどね。」
「でも、ちゃんと伝えたよ………」

「あぁ、ちゃんと聞こえてた………」

「で、どうなの？」

「嫌だって言っても、残るだろ？」
「それに、あの荷物の量を見てれば分かるよ……」
「お前、大学辞めただろ？」

「えっ、うん………」

「ったく、それじゃ～帰れとは」
「言えねぇ～よな！」

「そうそう………」

「農家、手伝うか？」
「今年から、ずっと………」

「うん………」

これが運命的な出会いなのかどうか
それは、今の僕達が決める事ではなく
未来の僕達が決める事なのだろう………
そう感じながら
美由紀と出会ったあの裏山へと共に出向き
祭り火の鮮やかな色をこの目に収めた時から
僕達の新たなる歩みが始まる………

進展という名の未来を掴（つか）み

退展という名の挫折を味わいながら
なおも強く在る事………

それを踏まえてこそ
初めて歩ける未来がある………
僕はそう思う…………

だからこそ、苦難と謳歌の時の名のもとに
幸喜（こうき）という意の旗を掲げ
大人社会へと名乗りを上げる………

吹き荒れる………
一輪（いちりん）の風と共に………

# 『親子対話………』

何気なく行っている行動に着目点を置く事で
全ての物事は新鮮な情報へと変わり
飽きる事無く繰り返されてゆく………

その事に気付かなかった者達は
必然的に逃げの一手を打ち
漠然（ばくぜん）とした日常を
飛来（ひらい）の如く回避した後
徐々に大人への歩みを進め行く事で
いずれは親になれるのだと
そう思い、安易（あんい）な気持ちを用いて
日々を送り過ごしているのではないだろうか？

当たり前のように成長して行く中で
取り落としているものは多く
親という立場を迎え入れた時から
私達は今まで以上に足元が見え難（にく）くなる事を

自覚しなければならない！

それが出来ぬ者は強制的に子供心を失わされ
無意識のうちに、致命的な欠陥（けっかん）を
所有する事となる………

故に、自分よがりの強さを我が子に託す者は
ただの凶器となり果てた後
醜（みにく）い己の姿に気付く事なく
矛盾だらけの道理を用いて子に絡（から）み付き
否応無しに自滅の一途（いっと）を歩ませるのだ！

自らの行動により招き寄せられた意欲の欠落と共に
繰り返されてゆく屈辱の中
日に日に屈折して行く我が子の姿を黙視し
意を決し発せられた一言を
弱者の戯言（たわごと）としてのみ
得捉（えとら）えて行く事で
確実に真意が見えなくなってゆくのだろう………

そんな親達の姿は
更なる激夢の糧（かて）となり
逆鱗（げきりん）という名のもとに
不可領域へと浸透（しんとう）し
暖かく、柔らかな子の心を
ズタズタになるまで切り裂いてゆくのだっ！

そう思いながらテレビの報道を見ていた私は
大きなタメ息をつき、目頭を押さえ
うつむく事しか出来なかった………

その姿が気付かぬうちに重い重圧をかもし出し
周囲のもの全てを巻き込んでゆく事で
氷己（ひょうこ）たる強さの下に
凍付（こりつ）の滑車（かっしゃ）が
円路（えんろ）を描き
一線の境として設けられた
通達区（つうたつく）を経て
幼い我が子が一言の道理を言い放つ………

「お父さん見て、チョウチョだよ？」
「秀（しゅう）ちゃん一人で捕まえたんだ！」
「ね～凄（すご）い？　ね～ね～………」

「秀………」
「放してやりなさい………」
「生きているものを」
「おもちゃにして遊ばない事！」

「なんで？」

「何でって………」
「それは………」
「小さな命でも生きているから」
「大切に扱わなければいけないって事だよ！」

「え～～～………」
「じゃ～さっ、じゃ～さっ………」
「お父さんやお母さんが」
「虫を叩いちゃうのは良いの？」

「いや、それは………」

「その～………」

「ん？」

我が子の問いに対し、焦（あせ）る私は
何でも良いから答えてしまえ！という
安易な気持ちと共に一言の言葉を発する事で
無責任な親の発言サイクルを作り出し
矛盾だらけの道理を無理やりにでも
押し付けようとしていたのだ！

その行為は、少年時代の私が
もっとも嫌う行動の一つであり
親自身が自らの立場を守る為に
子の心を平然と踏み荒らし
目上の者には逆らうな！という
自分よがりの道理を盾（たて）に
力任せにねじ伏せる為の口実に過ぎなかった……

自らを守るための防衛策として作られたもの………
それが、無責任な親の発言サイクルと
矛盾だらけの道理！
更には、お仕着せという名の期待と重圧なのだ!!

それら全てに気付いていながら
自分自身の行動が全く見えておらず
無意識のうちに行ってしまう私は
今問われているこの難問に
どのような答えを
導き出せば良いのだろうかと思い
悩み続けていた………
そんな私の肩に軽く手を掛け
妻が優しい笑みと共に
一言の言葉を教え与えてゆく………

「秀ちゃん………」
「チョウチョを逃がしてあげよう……」

「なんで？」

「そうね～………」
「秀ちゃんは、お外で遊べなくなっても」
「平気かな？　お友達と会えなくなっても」
「元気でいられる？」

「ううん………」

「でしょ？」
「チョウチョさんも同じだと思うなぁ～」
「ね？　だから帰してあげよう………」

彼女の発した一言に納得させられたのは
我が子だけではなく
私自身もその中の一人だった………
理由や道理を子供に説明するのは難しくて
逆に、怒り飛ばす事は凄く簡単だったりする……
その事に気付いた時から
激動（げきどう）の如く己の非力さを呪（のろ）い

苛立（いらだ）つ事で更なる悪化を招くという
悪循環（あくじゅんかん）のサイクルを
繰り返す事しか出来なかったのだ！

この行動からも分かるように
幼い我が子を前にして
真剣に向かい合った時、親なら誰もが
自らの非力さに気付くのではないだろうか？
もし違うと言う人が居るのなら
その人はきっと、私と同じように
無意識の中で子供を叱（しか）っているんだと思う
そう感じる事で、潰（つぶ）れ始めていた私は
妻に救いの手を差し伸べられるまでの間
成す術（すべ）無く落ち続ける事しか
出来なかった…………

そんな私に対して、彼女が一線の表記を
啓示（けいじ）してゆく………

「総（そう）ちゃん………」

「子育てって、難しいでしょ？」

「えっ？　あぁ、そうだな………」
「今、嫌と言う程痛感してるよ………」

「うん、そうね………」
「ねぇ～総ちゃん………」
「昔、子供が欲しいって」
「そう思ってた頃があったじゃない？」
「あの頃の私達って」
「自分達の理想を我が子に託して」
「自己満足のもとに展開する妄想（もうそう）に」
「浸（ひた）り切っていただけなんだよね？」
「子が親の夢を叶（かな）え………」
「実社会の中で現実のものとして」
「形（かた）を作り興（おこ）し」
「独自の観点を用いて歩みを進めてくれるなら」
「文句なんて無かった………」
「それが出来ないまでも、優しい人には」
「なってくれてるんじゃないかな？とか」

「もしかしたら、人の上に立つ指導者に」
「なるんじゃないかなとか？？」
「そんな事を中心的に考えていたの………」
「でもね、あの頃の妄想って」
「真っ直ぐに伸びて行く子供の映像しか」
「出てこなかったじゃない？」
「だから、子供は可愛いって思っちゃうのかな？」

「かもな………」

「うん、でね………」
「もう一つ想い描いていた事が在って」
「それが、家族で食卓を彩（いろど）る」
「暖かい空間だったの………」
「何気なく過ぎて行く」
「当たり前で幸せな日々………」
「それを追い求めていた頃の自分がね」
「逃避型の人間に思えてしまうのよ………」

「あぁ、言えてる………」

「何の苦労も資格も無しで」
「幸せを手に入れようとすると」
「必ずと言っていいほど」
「幸せが何なのか分からなくなるもんな!?」
「それにさぁ〜………」
「子供は親の所有物じゃないから」
「思うように育つって考える事自体に」
「無理があるのに、それでも」
「これは理想だからって、そう言いながら」
「手前勝手（てまえがって）な理屈を並べて」
「都合のいい妄想に」
「浸り切ってるだけなんだよ………」
「そんな事にも気付けない者達が」
「醜い自分達の姿は」
「全部無かった事にして」
「我が子には前を見ろとか、何がいけないとか」
「そういう事をお仕着せのように」
「言い続けてるだけだなんだよな？」
「毎日のように負荷（ふか）を背負わせてゆく中で」
「止め処（ど）なく降り積もる重い重圧に」

「耐え切れなくなった時………」
「たった一度でも」
「挫折（ざせつ）の一途を歩もうものなら」
「必ずと言っていい程」
「親は子を罵倒するだろ？」
「それが矛盾だらけの道理であるという事にさえ」
「気付かずに、さも知ったかぶりで」
「言葉を発してるから、そこに矛盾点が生まれ」
「子供が錯乱していくんだよ………」

「うん、そうなのよね〜………」

「俺な、８年前に姉ちゃんに」
「言われた事があったんだ………」
「子供は親の写し鏡なんだから」
「安易な気持ちで接しちゃ〜ダメよ！って」
「でもさぁ〜、俺はあの時………」
「そんなの当たり前じゃん！って」
「そう答えてしまったんだ………」
「その結果がコレだよ………」

「まったく、今頃になって」
「姉ちゃんの気持ちが分かり始めるなんて……」
「自分が情けなくてしかたがないよ………」
「10代の頃さぁ〜」
「当たり前の事をやって退（の）ける」
「辛（つら）さとか苦労とか、屈辱とか」
「そういうのを考えもしなかっただろ？」
「だから今、こんなに困るのかな？」

「…………」

「自分に親としての器（うつわ）が無かったなんて」
「思いもしなかった………」
「ただ、俺になら出来る！って」
「そう思いながら」
「今日まで生きてきたんだ‼」
「だけど、ふと気が付いて」
「後ろを振り返った時………」
「当時の気持ちを忘れてる自分が」
「無責任な誇りとプライドを掲げて」

「自己よがりの強さを盾（たて）に」

「漠然と生きてるだけだった………」

「その姿と直面した時から」

「何十年にも亘（わた）り培ってきた自信ってやつが」

「あっけなく崩れ去っていくのを感じたんだ！」

「俺達にとって、自分を信じるって事は」

「生きてる証（あかし）そのものだっただろ!?」

「強さと共に歩んできた人生！」

「優しさの下に出会わされた家族！」

「譲れぬ想いと激論の末に
　掴（つか）み取った未来！」

「そこには、そういったもの全てが」

「含まれていたハズなのに」

「こうも容易（たやす）く砕け落ちてしまうと」

「いままでの自分が何を信じ」

「どういう理屈の下に」

「行動を起こしてきたのか？」

「それさえも分からなくなってしまうんだよ……」

「総ちゃん………」

「それは間違ってるんじゃないかな？」
「だってさぁ～、今までは」
「子供の視点で歩いてきて」
「子供の視点で親を見てきたじゃない？」
「でも、これからは親の視点で」
「物事を見ていかなければいけないのよ！」
「子供の頃に培ってきた情報全てを基にして」
「冷静な判断力を用いて物事を見定める事！」
「そこに着目点を置く事が出来なければ」
「今抱えている錯乱は」
「永遠に続いていくんじゃないかな？」
「結局、親になってみなきゃ」
「自分が何処（どこ）まで通用するのかなんて」
「分かんないし、こんな着眼点が在る事さえも」
「知らないまま生きていたんじゃないかしら？」

「…………」

「私思うんだけどね………」
「分からない事って沢山在るじゃない？」

「子供を育てる事に関してもそうだけど」
「何気なく微笑む姿を維持してゆく事の難しさや」
「当たり前の事が、なぜ当たり前なのか？」
「という事を、分かりやすく噛（か）み砕いて」
「説明する事の苦闘（くとう）とか」
「何気ないものに着目点を置く事で」
「全ての物事が新鮮な情報として」
「取り置かれていく事もそうだよね？」
「今まで、気にも止めなかった事が」
「どれ程大切なものなのかを知った瞬間から」
「予想以上に純粋な子供の姿を」
「目にする事になるの………」
「その光景に戸惑いながら、悩み、苦しみ」
「絡（から）まりながら落ちて行く………」
「そして、幾度（いくど）となく」
「頭打ちを繰り返してゆく事で」
「少しずつ培われて行く器が」
「ある一定量を超えた時………」
「私達と、子供との間に」
「信頼関係が生まれるんだよ………」

「分かる？」

「あぁ、分かるよ………」

「という事は…………」
「総ちゃんに親としての器が」
「無い訳じゃないのよ！」
「ただね、今の私達は駆け出したばかりでしょ？」
「だから、分からない事が沢山あって」
「不安で仕方がないの………」
「その不安要素が多すぎるから」
「抱（かか）え切れなくなってるだけなんじゃ
ないかな？」

「…………」

「夫婦って、ただの飾り？」
「家族って、苦しいだけのお荷物？？」
「それとも、見栄やハッタリの道具なのかしら？」
「違うよね？　総ちゃんが困ってる時」

「私なら力になれるよ？」
「それにね………」
「子供だって親の不安を敏感に感じとって」
「不安になっていくでしょ？」
「だから、必要以上に」
「語り掛けてくるんじゃないかしら？」

「…………」

「ねぇ～総ちゃん………」
「自分がどれ程の人間なのか？っていう」
「捉（とら）え方は止めよう………」
「私達が目指すべき親として」
「最低でも何処までの水準に」
「達していなければいけないのか？」
「それを考えていかなければ」
「きっと答えは見えないままだと思うよ………」
「私達が抱えなきゃいけない本当の問題は」
「もっと別の所にあるんだから………」

「別の所って？」

「そうね〜………」
「例えば、第２次反抗期とか」
「第３次反抗期とかがあるじゃない？」
「ほら、テレビのニュースでも」
「よくやってるでしょ？」
「13歳〜19歳 までの第２次反抗期を迎えた」
「子供が何をしたとか、20歳〜25歳までの」
「第３次反抗期を迎えた新社会人が」
「何をしたとか？っていう報道………」
「今、総ちゃんが悩んでいるのもそこでしょ？」
「さっきテレビでやってたよね？」

「…………」

「だとしたら」
「必然的に見えるものがあるんじゃない？」
「第２次反抗期での敗北は」
「親失格の烙印（らくいん）を刻まれる事となり」

「第３次反抗期での敗北は」
「家庭内崩壊を意味する！」
「私はそう捉（とら）えているの………」

「…………」

「冷静に捉（とら）えてみて」
「初めて分かった事って沢山あるよ………」
「今まで、親はバカな生き物なんだって」
「思ってきたけれど………」
「でも、それって間違ってたんだよね？」
「親は、子供よりも沢山の涙を流して」
「その悔しさ故に、寂しそうな背中を」
「隠し切れなかったりとか」
「どんなに辛くても、今の生活だけは」
「維持しなきゃいけないんだ！って」
「そう思いながら僅（わず）かな信念を胸に抱き」
「ボロボロになってゆく体にムチを打つ事で」
「自らを振るい立たせ、甘え無しで」
「這い上がって来たのよ………」

「10代頃に思い描いていた夢とか、理想とか」
「そういうもの全てが壊れて行く中で」
「我が子と向かい合い………」
「自分の事は全て後回しにして」
「出来る事から取り組んできたの………」
「けれど、子供との差は」
「一向（いっこう）に埋まらなくて」
「それどころか、絶大な差が開いてゆく………」
「そんな現状の中、非力な己を見つめ続ける事で」
「壊れてゆく心柱（しんちゅう）を」
「無理やりにでも維持し」
「立て直そうとして行くが故に」
「自らの醜さと直面してしまい」
「回夢（かいむ）の中で」
「何故？どうして？？って」
「錯乱しながら問い正す事しか」
「出来なくなっていくんだよね………」
「世間一般的な目を通（かえ）して見れば」
「親は子供を救えて当たり前！」
「出来なければ、バカ親として判断され」

「生涯（しょうがい）罪悪感に」
「駆られ続ける事になる………」
「それとは逆に………」
「我が子を救う事が出来たとしても」
「それはそれで、やり遂げて当たり前だろ？って」
「そう判断されるだけの結果に」
「終わってしまうよね？」
「結局、親は労（ねぎら）いの言葉を」
「掛けてもらえないものなんだなぁ〜って」
「その事に気付いた時から」
「少しずつ、彼らを見る目が変わり始めたの……」

「そうか………」

「うん、だからね………」
「これから先の私達が」
「もし親に意見する事があるとしたら」
「その時は、それ相応の実績が」
「必要になってくると思うの………」
「でなければ、意見なんて出来ないだろうし」

「何より、説得力に欠けてしまうもんね？」
「それぐらいは遣（や）り遂げなければ」
「昔の私達が負け犬として判断されても」
「文句なんて言えないんじゃないかな？」
「私も総ちゃんも、負け犬なんかじゃない！」
「だから、そんな屈折した現実を認めて」
「受け入れる訳にはいかないのよ！」
「そうでしょ？」

「あぁ、そうだな………」
「俺達は、皆と少しだけ」
「歩き方が違っていただけなんだ！」
「それを証明する為にも」
「もう二度と弱音なんか吐けない！」
「やって退（の）けて当たり前！」
「出来ない時は、自分自身に」
「甘すぎるからなんだよな？」

「うん、そうだよ………」

妻の一手に助けられ
新たな思考と共に前を向き
歩き始めようとした時………
私の心の中に、大きく引っ掛かる出来事として
留まり続けるものがあった………
それは、反抗期という名の苦い想い出で
決して消える事の無い
青春時代の名残だったのだ！

自分自身を躍起（やっき）になって主張し続け
毎日のように暴れ狂っていた当時の私は………
矛盾だらけの世の中を恨み
親と名の付く者すべてに
殺意さえ抱いていた………

そんな不安定な精神を抱えたまま
第２次反抗期も終焉（しゅうえん）を迎え始めた頃
父が親子対話の場を設け、100時間以上にも亘る
長い討論を繰り広げる事となり、その頃の映像が
一部鮮明な記憶として、意路（いろ）の如く

緩（ゆる）やかに映写（えいしゃ）されてゆく……

「お前に出来る事っていうのは」
「人に迷惑を掛ける事だけか⁉ 」
「それとも、面と向かって言えない程」
「後ろめたい事でも遣（や）ってるのか？」
「言いたい事があれば」
「言葉に出して言いなさい！」
「その為の親子対話なんだから」
「黙ってるだけじゃ分からないだろ⁉」

「だったら言ってやるよ！」
「お前、俺の存在が重荷になってるだろ⁉」
「警察に捕まった時や、近所の連中が」
「在りもしね〜噂を面白半分で流したってだけで」
「竹本　総一は悪人です！ってか？」
「お前がそれを認めて、謝っちまうから」
「俺がやった事になるんじゃね〜か！」
「少しは自分の息子を信じたらどうだ？」

「だったら、信じれるだけの信頼を」
「培ってくれば良かったじゃないか？」

「それが出来ない環境を作ったの誰だよ！」

「父さんだって、精一杯やったんだぞ！」
「幾度（いくど）となく頭を下げて」
「お前を迎えに行っただろ？　そこまでさせて」
「何も迷惑を掛けていません！って言えるのか？」

「迷惑を掛けたとは思うよ………」
「でもさぁ～、頭を下げてくれと」
「頼んだ覚えはないよ！」

「じゃ～どうしろって言うんだ？」

「少しは俺を信じろよ！」

「だからさっきも言っただろ？」
「親に信じてもらえるだけの信頼を」

「お前自身が培わなきゃいけないんだよ！」

「それを不得意だとする人間だって居るんだぞ！」
「アンタの言ってる信頼ってやつは」
「誰にでも謝ってりゃ～、培えるのか？」
「そんな事ばかりを繰り返していけば」
「世間的に良い人間を演じる事は」
「出来るだろう………」
「でもな、それじゃ～内面が腐っていくんだよ！」
「その程度の事にも気付けないのか！」
「いいかげん、醜い自分の姿に気付けよなっ!!」

「…………」

「親ってさぁ～」
「偉そうにしてるだけじゃん！」
「子供に当たり散らしたり」
「気に入らない事が在った時なんかは」
「間違いなく手を上げるだろ？」
「それって俺達には関係ね～事なんじゃね～の？」

「仕事が上手（うま）くいかなくて」
「イライラするから子供に当たるとか」
「自分の所属している野球チームが」
「負けたからって、そんな理由で」
「不機嫌になってみたりとか」
「片親の苦しみを味わわせない為に」
「何らかの行動を行ってますよ！って」
「そんなの、遣り遂げて当たり前なんだよ！」
「恩着せがましく言われて、自分のストレスを」
「子供にぶつけて、じゃ～俺達は何処で」
「発散すればいいんだよ？」
「結局はさぁ～、アンタ自身が自分勝手に」
「生きてるだけだろ⁉」

「だったらどうしろって言うんだ！」
「片親の人間には限界ってのが在るんだよ！」
「お前一人で、２人の子供が育てられるのか？」
「出来ないだろ？　無責任だとか」
「自分勝手だとか？」
「そういう言葉を口にするのは」

「簡単な事なんだ！」
「問題は、そこから先を」
「どうやって歩くかなんじゃないのか？」
「父さんがどういう歩き方をしようと」
「お前には関係ないだろ………」

「だったら、俺も同じだよ………」
「どういう歩き方をしようが」
「アンタには関係ないだろ!?」

「迷惑を掛ける歩き方なら」
「十分関係はある！」
「それどころか、相手の足さえも」
「引っ張りかねないんだ！」
「だから、もっと普通に歩いてくれ………」

「普通ってのは、世間の事を第一に考えて」
「見栄（みえ）とハッタリで歩けって事か？」
「そんなのゴメンだね！」
「俺はお前みたいに屈折した大人には」

「なりたくないからさ〜………」
「だから、自分の信じた道を」
「胸張って歩いてるんだろ！」
「その事をお前なんかに兎（と）や角（かく）」
「言われる筋合いは無いね〜………」

「何で分かってくれないんだ？」

「その言葉………」
「そのままアンタに返してやるよ！」

「…………」

「少年っていうのはさぁ〜」
「捕まったってだけで」
「確実に犯罪者扱いされるって知ってたか？」
「違うと否定したところで、世間の皆さんは」
「そう思ってはくれない………」
「仲間を止めに行った奴らだって」
「一緒に捕まっちまうし、俺達はただ外で」

「ストレスを発散してるだけじゃないか？」
「そりゃ〜、時には行き過ぎる行動に」
「なる事もあるけど」
「でも、一度や二度の行動で」
「全部の行動がそうなんだって判断された時には」
「誰だって開き直るだろ？　違うか？？」
「信じてもらえない奴らの気持ち」
「お前に分かんのかよ!!」

「…………」

「これから町内へ出向いて騒いでみるか？」
「大声張り上げて」
「竹本　総一は悪人です！って……」
「そんなのされたら」
「困るのはアンタだもんな!!」
「いいよ俺は、今までそうだったし」
「これから先も同じさ、何も変わらない」
「ずっとそのままだよ………」

「総一………」

「同情なんていらね～よ！」
「俺達は負け犬なんかじゃね～からさ～………」

「そうだな………」

「同情すんなって言ってんだろ！」

「同情なんかじゃないさっ！」
「ただ、思い出しただけだよ………」

「何を？」

「ん……父さん達もな」
「お前らと同じ事やってた頃があったんだよ」
「悪ガキとかガキ大将とか言われてさぁ～」
「それが勲章みたいな感じで」
「毎日が楽しかった………」
「それと似てるのかなって」

「ふと、そう思ったんだ………」
「でも、父さん達の頃とは違う………」
「何が違うのかまでは分からないけど」
「でも、それが時代の流れなんだよな………」

「だから何だって言うんだ⁉」
「アンタの方こそ、言いたい事が在るなら」
「ハッキリと言葉に表して言えよ！」

「あぁ、そうだな………」
「言いたい事は沢山あるが、それ以上に」
「聞きたい事や知りたい事の方が多い……」
「それが、親としての現状かな………」

「…………」

「なぁ～総一、俺が２つだけ問うから」
「それに答えてくれるか？」

「…………」

「どうなんだ？」

「あぁ、答えてやるよ………」
「ただし、二度と同じ事は言わない！」
「だから、聞き落としたら最後だって事！」
「それでも良ければ答えてやるよ………」

「あぁ、それでいいよ………」
「まず、一つ目………」
「お前らが今の親世代に」
「言ってやりたい事があるとしたら」
「何なんだ？」

「言ってやりたい事………」
「無責任な行動をするなって事と」
「曖昧（あいまい）な情報を信じるなって事と」
「俺達は、負け犬なんかじゃね～って事と」
「もっと冷静に物事を捉（とら）えてみろって事！」

「なるほど………」
「それじゃ～二つ目………」
「これで質問はラストだ………」
「今の親世代に、一番必要なものって」
「何なんだ？」

「そんなの分かんね～よ………」
「ただ、一つだけ言える事がある！」
「それは、親自身が自分の子供の事を」
「誰よりも理解出来てないって事‼」

「…………」

「俺達は人付き合いが下手で」
「自分を上手く表現出来ないんだ！」
「それが、アンタら少年時代と」
「今の少年時代との大きな差なんじゃね～の？」
「親世代に何が必要なのか？って」
「そんな考え方をしていれば」
「見えないものが沢山出てくるし」

「出来ない事が山積みに」
「なっていくものなんだよ！」
「押し付けや不理解な姿勢を取る事しか」
「出来ない親達が、何食わぬ顔で」
「子供を追い込んでいく………」
「そのクセ、自分達がどれ程」
「酷い事をしているのか？」
「それさえも分からないまま」
「不幸のヒロインを演じてるだろ？」
「良く考えてみろよ？」
「そんな奴らから学べるものが」
「何か一つでもあると思うか？」
「そう捉（とら）えられて」
「見切りを付けられてる……」
「ただそれだけの事！」
「結論からいけば」
「新たに加わる何かが必要なんじゃなくて」
「自分自身を高める事や」
「汚点を無くす事が前提（ぜんてい）で」
「子供に尊敬される親である事が」

「必須（ひっす）条件なんだ………」

「そうか………」

「あぁ、でもな…………」
「これは俺の該当例に過ぎないから」
「他の奴らがどんな事を抱えて」
「苦しんでるのかまでは分からない………」
「だけど、そんな連中に」
「救いの手を差し伸べてやる事ぐらいは」
「出来るだろ？」
「親ってさぁ～、いつの時代も」
「頼れる存在じゃなきゃいけないんだよ……」
「なのに、今の親はどうよ？」

「ダメ親ばかりだな………」

「気付いてるんだったら」
「なんで取り組まない訳？」
「なるようになるって思ってんのか？」

「だとしたら、その程度だな………」

「…………」

「もっと、身近な者達に着目点を置いてみろよ！」
「兄弟は？　友達は？　親友は？？」
「みんな力を貸してくれないだろ？」

「確かに………」

「理由は忙しいから？」
「それとも、今を維持するだけで」
「精一杯だからか？」
「違うよな!?」
「精一杯の人間が笑えるのか？」
「８時間も９時間も平然と眠る事が出来るのか？」
「矛盾だらけだろ!?」
「そういう矛盾に振り回されて」
「子供は錯乱して行くんだよ！」
「俺には親達の姿がそう映ってる………」

「先送りの行動で、いずれ忘れるだろうの姿勢！」
「それを飛来って言うんじゃね〜の？」
「そうだろ？　違うか？？」

「いいや、その通りだ………」
「俺達親世代が、何時（いつ）の間にか」
「忘れてるって、そう感じてた事は」
「先送りにしてきた出来事や」
「見落としてしまった多くの物事が代償となり」
「跳ね返ってきたものだったんだよな！」
「だから対応が出来なくて」
「自分自身を維持していく事だけで」
「精一杯だったのか………」
「子供の心を支えてやれるだけの枠が」
「無かったから、罵倒し、罵り合う事しか」
「出来なかったんだ！」
「相手の汚点だけしか見えない事で」
「歩み寄りという姿勢に気付けなかったのは」
「間違いなく親側の汚点なのに………」
「自分達の行動全てを無かった事にして」

『親子対話………』

「何食わぬ顔で子供に当たり散らしていたなんて」
「思いもしなかった………」
「まったく、情けなくて返す言葉も無いよ………」

「まぁ～、少しでも分かったんなら」
「意義のある時間だったんじゃね～の………」

「そうだな………」

「…………」

突然呼び起こされた僅かな記憶の中に
当時の自分が居て、まるで私自身に
問い掛けているかのようだった………

誰が悪いとか、何がいけないとか
忙しいから出来ないとか
今を維持するだけで精一杯だとか
そういう事を言ってるだけじゃ
何の解決にもならない………

むしろ、更なる悪化を招くだけの結果に
終わってしまうんじゃないかな？

自分達の家族は今のところ平和だから
関係無いやって
そう思いながら歩くって事は
人の気持ちを踏みにじり
醜く生きるって事に繋がって行くんだと思う……
その事に気付いたところで、行動を起さなければ
何の力にも変わらない、かと言って
安易に行動を起せば良いというものでもない！

優しさの押し売りは、相手にとって
ただの迷惑でしかなく、自らの自己満足感を
駆り立てるだけの結果に終わってしまうから
だから、意味の無い行動になってしまう……
それどころか、恩着せがましい行為として
捉（とら）えられるんじゃないかな？

自分達がどう在りたいのかを

もう一度模索する事！
それが、親子対話の意義であり
又、家族対話の真意なのではないだろうか？

私は、そう感じたのです……
何時（いつ）如何（いか）なる時でも
冷静な思考を用いて挑（いど）む事！
そして、物事は決して先送りにしない事！
それが出来ない者は、父や私のように頭を抱え
悩み続ける事しか出来ないのかも知れない……
けれど、私はそれでも立ち向かおうと思う……

何故なら、それが親としての役目だからかな？
だってそうでしょ？
それさえも不要だと言われたなら
私達に出来る事は
何一つ無いという事になってしまうのだから……

# 『あとがき………』

今回の後書きでは、前回の本について
少しお話しした後、いくつかの作品に
触れていこうと思います………

まず、前回の出版本、『ね。』についてですが
意見が二分（ぶん）しておりまして

1．誰かが語った事を、エッセイ集として
書きまとめた本だという意見………

2．作者自身が、自らの観点を用いて
独自に展開した文面なのではないだろうか？

という2点なのですが、それについて
お答していきましょう………

まず、1の問いから………

残念ながら、誰かの話を元に書いたエッセイ集では
ありません!! そこの所をお間違えなく………
ただ、エッセイ集だと捉（とら）えて読んだとしても
問題はありませんので、自由な捉（とら）え方で
良いと思います………

逆に言えば、何の疑（うたが）いさえも
無かった訳ですから、それはそれで
作り手としては、喜ばしい限りですね………

次に、2の問いについてです………
質問が多かったのがこの問いなのですが
作者自身が、独自の観点で書き表したのなら
どのような経験を積んできたのかという事………

この問いに対し、どう返答を返せば良いのか？
それが、未だ分からない所ではありますが
ただ、一つ言える事があるとしたら………
厳しい映像を、幾日にも亘り見続けてきた事が
結果的に膨大な経験へと変わり

今という姿で、文面を書き記しているのではないだろうか？という事………

誰でも皆そうだと思いますが
大好きな人を守れなかったりとか
信頼出来る仲間を助けられなかったりとか
そんな出来事が重（かさ）なって行けば
必然的に、私と同じような在り方に
なっていくのだと思います………。

23歳にして、親友や恋人の墓を目にするのは
さすがに辛いものがありまして………
これ以上は書けない所でもありますが
ほんの少しだけなら
ホームページの方で語っていますので
興味を持たれた方、又はお暇な方など
お時間のある方はお越し下さい………
ＨＰアドレスは
あとがきの最後に書いておきますね。

という事で、前回の本に関する疑問を
少しだけ解決出来たところで
今回の出版本についてです………

今回の作品内には
若干（じゃっかん）痛いお話から
一見、意味の無さそうなものまで
色々と在ったと思いますが
中でも『夕暮れ街道』という作品は
要注意ですね…………

これは、個人的な意見なのですが
当時、私が引き籠って居た頃に
こんな言葉は言われたくないな！とか
こう言う捉（とら）え方をされるから
苦しいんだろうな？とか、そういったものを
一部、切抜きという形で抜き出してみましたので
現在、引き籠り症のお子さんをお持ちの方は
間違っても見せぬよう、お願い致します………

理由は色々と在るのですが
度重（たびかさ）なる精神不可により
リスクしか無い作品として
捉（とら）えられる恐れがあるから………
とでもいいましょうか
そうでない場合も在るのですが
心に余裕がない状態で痛みを学ぶのは
危険以外の何物でもありませんので
そのようにして頂ければと思います。

私自身が読んでも、痛いものがありましたので
ココに書き記しておこうと思いました。
ただ、親御さんには是非読んで頂きたい作品ですね。
何も得れないかも知れませんが
道理ぐらいは説いたつもりですので
何らかの役には立つのではないでしょうか？

続きまして、『親子対話』という作品について……
この作品は、読んで頂いたとおり、一度や二度
目を通した程度で、理解出来るような

『あとがき………』

簡単な作品ではありません！

という事で、地元でテストした結果
難しいという意見を基に、読む事を
止めてしまった人達が圧倒的に多かったので
今回もそんな感じに終わるのかも知れませんが
理解出来るまで読み込んで頂ければ
作った苦労が報われます………

と同時に、誰でも皆………
いつかは親になる時が来るでしょう………
その時に、「こんなハズじゃなかったのに」って
そう言いながら騒ぎ散らさない為の作品として
また、親世代全てに対し
ダイレクトに問う作品として
数ヶ月にも及ぶ長い月日を費やす事で
やっと作り上げる事が出来ました。

今回の作品中で、もっとも苦戦した
作品の一つでもありますので、理解出来れば

それなりの経験に繋がるのではないでしょうか？

ただ一つ、注意点として言える事があるとしたら
理解と共感を取り違えない事！
共感する為に読むのなら、共感一本で行く事！
理解する為に読むのなら、理解一本で行く事！
それぐらいは、心がけておいて下さいね………

どの作品もそうですが、何回も読み返す事で
意味とか、想いとか、そういったものを
最初の頃よりは、鮮明に理解出来ると思います。

そして、今回の作品が何故５作構成なのか？
それを考えて頂いた後に、再び読み返して頂けたなら
そこに得れる何かが、在るのではないでしょうか？

ですので、一度や二度触れた程度で
分からないとか、理解出来ないとか
「こんなの当たり前だよ」とか
そういう思考は持たないで頂ければと思います。

続きまして、本の色についてですが
前回の時にも意見がいくつかありまして
『ね。』の本が、なぜ赤いのか？
それは、赤信号だと捉（とら）えてください。
又は、四季の一色とでも言いましょうか………

色々な想いを込めて、あの形になりました。
ですので、なんとなく手に取って
気が付いたら読み始めていた………
なんて事もあるかも知れませんね………

じゃ〜今回の『おもい…』という本が
なぜ、青色なのか？という事なのですが
それは、視覚的要素と、四季の一色
感性の刺激とでも言いましょうか？
上げて行けば、徐々に難しい話に
なってゆきそうなので、この辺で収拾を取りますが
『ね。』も『おもい…』も、伝わる意思は同じで
問いかけるという事が前面に持ち出された結果

単色の一線表記という形になりました。
意味は、そんな感じだと思って下さい。

最後に、題目についてです………
前回の本でもそうですが、『ね。』に続き
今回の『おもい…』というのは何故？？
と、そう捉（とら）え疑問に感じられた方も何名か
おられるのではないでしょうか？

今回の出版本、『おもい…』は
表記されているまま、とでも言いましょうか？
重たいという意味に加え、想う心や
想われる心に重点を置きながら書いた本なので
このような表記になりました。

忘れていた何かを想い返して頂こうという事に
全力を傾け、製作してきましたので
何か一つでも学び取って頂けたなら
書きてとして、これほど嬉しい事は無いですね～……
とまぁ～、ザザっと書いてみました………

以上をもちまして、『あとがき』と
変えさせて頂きます。

追記………

これは、ＨＰアドレスです………
なんと言う事は無いＨＰですが
皆さんにとっての談話場のような
そんな場所になってくれればと思い
作ってみました………
ですので、気軽にお越し下さい………

長々と読んで頂き
ありがとう御座いました。

http://www6.ocn.ne.jp/~bazuma/

著者プロフィール

**橋本 冬也**（はしもと　とうや）

1978年5月、広島県に生まれる。
広島県立神辺工業高等学校（情報科）卒業後、椎間板ヘルニアによる屈辱（くつじょく）の4年間 を経（へ）た後、自身の苦しい体験をもとに、斬新な文体で描いた『ね。』につづき、今回の作品を刊行する。

『おもい…』

2002年12月15日　初版第1刷発行

著　者　橋本 冬也
発行者　瓜谷 綱延
発行所　株式会社 文芸社

〒160-0022 東京都新宿区新宿1-10-1
電話 03-5369-3060（編集）
03-5369-2299（販売）
振替 00190-8-728265

印刷所　図書印刷株式会社


ISBN4-8355-4477-3C0093